LA COMTESSE

DE SALISBURY

PAR

ALEXANDRE DUMAS.

Deuxième Édition.

III

PARIS

ALEXANDRE CADOT, ÉDITEUR,

32, RUE DE LA HARPE.

1848

LA COMTESSE DE SALISBURY.

Ouvrages du Marquis de Foudras.

—

Impr. de E. Dépée, à Sceaux (Seine).

LA COMTESSE

DE SALISBURY

PAR

ALEXANDRE DUMAS.

Deuxième Édition.

III

PARIS

ALEXANDRE CADOT ÉDITEUR,

52, RUE DE LA HARPE.

1848

Lorsque Édouard revint à Londres, il trouva ses ordres exécutés et sa flotte prête; il avait dès lors un double motif de revenir en Flandre; car, outre son projet à poursuivre, il avait à secourir

son beau-frère, qui pour lui s'était jeté
dans cette lutte inégale de comte à roi ;
ensuite il lui fallait conduire toute une
cour de dames et de chambellans à la
reine, qui demeurait toujours en la
bonne ville de Gand, sous la garde de
Jacques d'Artevelle, et outre cette cour,
grand renfort d'archers et de gens d'armes, afin de continuer la guerre, dans
le cas même où les seigneurs de l'Empire l'abandonneraient ; ce qu'il commençait à craindre, en raison de lettres
qu'il avait reçues de Louis V de Bavière,
lequel offrait de s'entremettre pour une
trève entre lui et le roi de France.

Il s'embarqua donc le 22 juin, conduisant une des plus belles flottes qui eussent jamais été vues, descendit la rivière de la Tamise, et entra en mer si majestueusement, qu'on eût dit qu'il allait tenter la conquête d'un monde. Il navigua deux jours ainsi ; puis, à la fin du second jour, il aperçut, le long des côtes de Flandre, entre Blankemberg et l'Écluse, une telle quantité de mâts de vaisseaux que l'on eût pu croire que c'était une forêt marine. Aussitôt il appela le pilote, qui comme lui regardait ce spectacle inattendu, et lui demanda quelle chose ce pouvait être. Alors le pilote répondit qu'il croyait bien que c'était l'armée des Normands et des Français qui tenaient la mer pour le roi Philippe, et qui attendaient sa revenue en Flandre pour l'empêcher d'y aborder. — Ainsi donc, voilà, dit Édouard, écoutant attentivement ces paroles, les mêmes hommes qui m'ont pris mes deux grandes nefs *Édouard* et *Christophe,* et qui m'ont pillé et brûlé ma bonne ville de Southampton.

— Ce sont vraiment eux, répondit le pilote.

— En ce cas, dit Édouard, n'allons pas plus loin, car j'ai longtemps désiré de les pouvoir joindre et combattre : maintenant que nous les avons rejoints, nous les combattrons donc, et s'il plaît à Dieu et à saint Georges, nous leur ferons payer en un jour toutes les pilleries que depuis trois ans ils nous ont faites. Jetez donc l'ancre là où nous sommes et faites veiller toute la nuit, afin qu'ils ne nous échappent pas.

Cependant, avant que le pilote exécutât les ordres qu'il avait reçus, le roi établit ses dispositions de batailles afin que le lendemain, en levant l'ancre, toute la flotte fût placée comme elle devait l'être, et n'eût plus qu'à s'avancer et à combattre. A l'aide de la nuit, qui dérobait toutes ses manœuvres à ses adversaires, il fit mettre les plus forts vaisseaux devant, et entre chaque vaisseau

chargé de chevaliers et de gens d'armes
un vaisseau monté par des archers; puis
encore, aux deux ailes, une ligne de
gens de trait, pour se porter partout où
besoin serait; puis, ayant fait passer sur
une nef particulière, et qui était connue
pour sa marche rapide, toutes les com-
tesses, baronnesses, chevaleresses et
bourgeoises de Londres qui allaient rejoindre la reine à Gand, il leur donna
une garde de trois cents hommes d'armes et de cinq cents archers; alors,
étant passé de vaisseau en vaisseau, il
recommanda à chacun de bien garder
l'honneur du roi dans la journée qui se
préparait, et, quand chacun en eut fait

la promesse, il revint prendre quelque repos à bord du navire royal, afin d'être frais et vigoureux pour combattre en personne le lendemain.

Au point du jour le roi se réveilla et monta sur le pont, tout était dans le même ordre que la veille, et non-seulement les Français et les Normands n'avaient pas songé à fuir ; mais encore ils avaient pris de leur côté toutes leurs dispositions de bataille. Édouard vit du premier coup qu'elles étaient mal faites ; car, à l'exception de quelques vaisseaux qui semblaient être séparés de la flotte, les autres s'étaient embossés au rivage ; ce qui gênait tous leurs mouvements, et, le cas échéant, devait les empêcher de manœuvrer. Alors il compta tous les grands bâtiments, et il y en avait cent quarante sans les barques, et ces cent quarante bâtiments et ces barques étaient montés par quarante mille hommes, Génois, Picards et Normands.

Lorsque le roi et son maréchal eurent fait toutes ces remarques, ils s'aperçurent que s'ils s'avançaient dans la ligne où ils se trouvaient placés, c'est-à-dire d'occident en orient, ils auraient le soleil en face ; ce qui empêcherait les archers de viser, et ôterait à l'armée anglaise la grande supériorité que ses hommes de trait lui donnaient sur toutes les autres

compagnies : en conséquence, le roi or-

donna de manœuvrer de manière à mar-

cher à la rame contre le vent, jusqu'à ce

que la flotte anglaise eût dépassé d'une

demi-lieue à peu près la hauteur de la

flotte française; puis de revenir sur celle-

ci avec le vent favorable et le soleil dans

le dos. Ce mouvement fut exécuté à l'ins-

tant même ; la flotte, qui ne pouvait se

servir de ses voiles, s'avança battant la

mer de ses longues rames; à cette vue, les

Normands, les Génois et les Picards pous-

sèrent de grands cris et de longues huées;

car ils avaient vu à sa bannière que le

roi en personne était sur la flotte, et ils

croyaient qu'elle gagnait le large pour fuir ; mais bientôt ils furent détrompés, les vaisseaux virèrent lourdement de bord ; en ce moment, comme le vent devenait bon, on hissa les voiles, et la flotte tout entière, ayant opéré son mouvement, revint cerner l'anse où s'étaient embossés les Français, conservant l'ordre de bataille réglé la veille par le roi Édouard et son maréchal.

Alors les amiraux de la flotte française, voyant qu'ils s'étaient trompés lorsqu'ils avaient cru que l'ennemi fuyait, firent à leur tour leurs dernières dispositions de combat ; ils poussèrent en avant du front et comme une redoute avancée la grande nef qu'ils avaient prise un an auparavant aux Anglais, et que l'on appelait *Christophe,* la garnirent à foison d'arbalétriers génois, pour la garder et escarmoucher ; puis, sur toute la ligne, firent retentir les trompes et clairons pour annoncer qu'ils étaient prêts et acceptaient le combat avec grande joie èt grand désir.

Le combat commença par un échange de traits et de flèches entre ceux de la grande nef *Christophe* et les archers anglais ; mais le roi Édouard s'étant bientôt aperçu que ses ennemis avaient mis presque tous leurs gens de trait sur ce bâtiment, décida que c'était le premier qu'il fallait prendre : en conséquence, il fit armer son propre vaisseau de longs crocs de fer tenant à des chaînes, et s'avança droit de sa personne contre les archers, donnant ordre au reste de la flotte d'engager sur toute la ligne le combat vaisseau à vaisseau et main à main. Il avait autour de lui sa meilleure chevalerie, le comte de Derby, le comte de Hertfort, le comte de Huntingdon, le comte de Glocester, messire Robert d'Artois, messire Regnault de Colham, messire Richard Stafford et messire Gauthier de Mauny tous couverts de leurs armures de fer, contre lesquelles venaient s'émousser les viretons et les flèches des arbalé-

triers et des archers génois. Aussi avan-
cèrent-ils majestueusement, sans dévier
d'une ligne, sans reculer d'un pas, les
bannières au revers et l'épée à la main ;
puis lorsqu'ils furent à portée, les grap-
pins et crampons furent jetés, et les deux
vaisseaux se joignirent avec un craque-
ment terrible. En même temps un pont
s'abaissa d'un bord à l'autre, et les chevaliers s'élancèrent sur le bâtiment. Là
commença une lutte terrible ; car il n'y
avait pas à fuir, et si les archers génois
étaient moins bien armés, ils étaient plus
nombreux quatre fois que ceux qui les
attaquaient ; d'ailleurs, quand ils avaient
vu qu'il fallait en venir main à main, à

l'exception de ceux qui étaient montés
dans les huniers et qui là faisaient pleuvoir une grêle de flèches sur les assaillants, les autres s'étaient saisis de haches, de massues et d'épieux, et se dé-
fendaient de grand cœur; car Gênes
était dès-lors une puissante ville, ré-
gnante surtout sur la mer, avec laquelle
ses voyages et son commerce l'avaient
familiarisée dès le douzième siècle.

Cependant, si braves soldats et si bons
matelots qu'ils fussent, il n'en fallut pas
moins céder; car ceux qui les attaquaien
étaient de la première chevalerie du
monde, et ils avaient si bien assuré les
deux vaisseaux l'un à l'autre qu'il leur

semblait se combattre sur terre. Chassés pied à pied de la poupe à la poupe par cette muraille de fer que formaient les seigneurs, et qu'il était impossible d'abattre ni de disjoindre, les archers se trouvèrent entassés sur l'arrière, et là, gênés dans leurs mouvements, perdus par leur nombre même, exposés sans autres armures que leurs jaques rembourrées, ou leurs justaucorps de cuir, aux coups terribles de ces longues épées trempées pour tailler le fer et l'acier, il leur fallut se rendre, mourir, où s'élancer à la mer. Beaucoup prirent ce dernier parti; car, vêtus légèrement, ils pouvaient nager; ce qui était impossible

aux chevaliers, qui, une fois tombés
dans l'eau, étaient entraînés au plus profond par leurs armures. On les vit donc
gagner, à travers les traits des autres
vaisseaux, les bâtiments de leur parti,
qui se tenaient prêts à les recueillir.
Quelques-uns y arrivèrent, le plus grand
nombre fut tué en route par les archers
anglais, qui trouvaient un but commode
et facile dans des hommes qui étaient
obligés de passer près d'eux ou de s'aller
noyer au large.

Aussitôt la grande nef reconquise,
Édouard la chargea d'archers, et, aban-
donnant son vaisseau pour celui-là, qui
était de plus forte défense, il y fit plan-

ter sa bannière, et s'avança avec lui droit

contre les Génois.

: Le combat était alors engagé sur toute :

la ligne, et se maintenait des deux côtés

avec courage : tóus les vaisseaux fran-

çais et normands avaient été abordés,

liés aux vaisseaux anglais par des cram-

pons, et l'on combattait partout bord à

bord. Cette manière était au désavan-

tage des Français ; car leur flotte tout

entière était composée d'hommes de

mer, habitués à se battre avec des sabres

courts, des poignards et des épieux, tan-

dis que la flotte anglaise, qui transpor-

tait des troupes de terre, était toute gar-

nie d'archers qui combattaient de loin,

et de chevaliers qui, lorsqu'on en venait
bord à bord, gagnaient un grand avantage de leurs armures de fer et de leurs
longues épées. Barbevaire seul avait
prévu ce désavantage, et, au lieu de
s'embosser comme les autres, il avait
continué de tenir le large; de sorte
que, lorsqu'il vit le combat perdu pour
les Picards et les Normands, au lieu de
les venir secourir et de faire ainsi diversion, il mit toutes voiles au vent et
gagna la haute mer. En même temps les
côtes se couvrirent de bonnes gens de
Flandre, qui, au bruit du combat, étaient
accourues, et qui, montant sur des barques et des canots, venaient en aide à

leurs alliés les Anglais. De cette manière, les Normands et les Picards, atta-
qués par mer, se trouvèrent privés de
la retraite par terre que leur empê-
chaient les Flamands; mais, comme c'é-
taient de braves et loyaux soldats, ils
n'en combattirent pas moins désespéré-
ment et sans parler de se rendre; de sorte
que la bataille qui avait commencé à
primes, dura jusqu'à hautes nones, c'est-
à-dire de six heures du matin à midi. A
cette heure tout était perdu pour la flotte
combinée, et les Anglais commençaient
par la bataille de l'Écluse cette série de
victoires navales qui ne devait se fermer qu'à Trafalgar et à Aboukir.

De ces quarante mille hommes qu'étaient les Normands, les Picards et les Génois, nul n'en échappa que ces derniers, qui, ainsi que nous l'avons dit, gagnèrent le large. Tous furent pris, tués ou noyés. Hugues Quiéret fut assassiné de sang-froid après la bataille, et Béhuchet, disent les grandes chroniques, qui savait mieux se mêler d'un compte à faire que de guerroyer en mer, fut pendu comme pirate au grand mât de son vaisseau.

Quant au roi Édouard, qui, dans cette affaire, avait payé de sa personne comme le dernier de ses chevaliers, et qui avait été blessé à la cuisse par un trait

d'arbalète, il demeura toute la fin du
jour et toute la nuit sur ses vaisseaux,
faisant si grand bruit de trompes, de
timballes, de tambours et de toute autre
espèce d'instruments, que, dit Froissart,
on n'eût pas entendu Dieu tonner. A ce
bruit, accoururent sur le rivage toutes
les bonnes gens des villages et des villes
environnants; puis le lendemain, qui
était le 26, le roi et tous ses gens prirent
port et terre, après avoir détruit la flotte
française, non pas comme si la main des
hommes l'avait attaquée, mais comme si
le bras de Dieu l'eût anéantie par quelque naufrage, hommes et bâtiments, au
plus profond de la mer. Aussitôt lui et

toute sa chevalerie se dirigèrent à pied, et la tête découverte, en pèlerinage à Notre-Dame d'Ardenbourg, où le roi ouït la messe et dîna, et puis monta à cheval, et vint ce jour-là même à Gand, où madame la reine était à l'attendre, qui le reçut à grande joie.

A peine arrivé, le premier soin d'Édouard, afin d'acquitter la promesse faite, fut de s'informer de ce qu'étaient devenus les comtes de Salisbury et de Suffolk. Il apprit alors qu'après une résistance désespérée, tous deux avaient été pris, conduits d'abord en la prison de Lille, puis de là envoyés en France au roi Philippe, qui eut grande joie de tenir deux si vaillants chevaliers entre ses mains, et jura qu'il ne les rançonnerait ni pour or ni pour argent, mais seulement par échange, et contre quelque noble seigneur de même rang et de même courage. Édouard pensa donc qu'il était, pour le moment, inutile de faire aucune démarche à ce sujet, d'autant plus que le roi de France, tout courroucé qu'il devait être de la perte de sa bataille de l'Écluse, ne serait pas, à cette heure, en disposition de rien faire qui fût agréable à son cousin d'Angleterre ; aussi s'ocupa-t-il uniquement d'assembler un parlement à Willeworde, où se devait renouveler l'alliance entre la

Flandre, le Brabant et le Hainaut, et jour fut pris et assigné pour ce parlement au 10 du mois de juillet dans lequel on venait d'entrer.

Au jour dit, le roi Édouard d'Angleterre, le duc Jean de Brabant et le comte Guillaume se réunirent à Willeworde, accompagnés du duc de Gueldres, du marquis de Juliers, de messire Jean de Beaumont, du marquis de Brandebourg, du comte de Mons, de messire Robert d'Artois et du sire de Fauquemont. Ils y trouvèrent Jacquemart d'Artevelle avec quatre bourgeois de chacune des principales villes de Flandre, lesquels formaient son conseil, et prenaient,

d'accord avec lui, toute délibération importante, que lui ensuite signait et pro-
clamait. Là il fut décidé que les trois
pays, c'est-à-dire Flandre, Hainaut et
Brabant seraient, de ce jour, aidant et
confortant l'un l'autre en tous cas et en
toutes choses; de sorte que si l'un des
trois pays avait affaire contre qui que
ce fût, les deux autres le devaient soutenir; que, s'il advenait qu'ils fussent en
discorde deux ensemble, le troisième
les devait pacifier, et, s'il n'y suffisait,
ils en appelleraient alors au roi d'Angleterre, qui, garant de leur foi, les devait apaiser dans leurs querelles. Toutes
ces choses furent jurées entre les mains

d'Édouard, et, en souvenir de ce traité et en signe de l'alliance des trois pays, une monnaie fut battue, qui devait avoir également cours en Brabant, en Flandre et en Hainaut, et qui reçut le nom de compagnons ou alliés.

Puis en outre, il fut arrêté que, vers la Madelaine, le roi Édouard quitterait la Flandre avec toute sa puissance, et s'en irait mettre le siège devant Tournay.

Or le roi Philippe, qui était venu joindre à Arras la bannière du duc Jean, son fils, et qui demeurait en l'armée comme simple chevalier, ayant appris toutes ces décisions du parlement de

Willeworde, envoya le comte Raoul
d'Eu, connétable de France, ses deux
maréchaux, messire Robert Bertrand et
Mathieu de la Trie, le sénéchal de Poi-
tou, le comte de Ghine, le comte de Foix
et ses frères, le comte Aimery de Nar-
bonne, le comte Aymar de Poitiers,
messire Geoffroy de Chargny, messire
Girard de Montfaucon, messire Jean de
Landas et le seigneur de Châtillon, c'est-
à-dire la fleur du royaume, en la ville
menacée, les priant de la bien garder,
pour leur honneur et le sien, afin qu'il
n'arrivât nul dommage à cette grande
et belle ville, qui était une des portes de
la France; puis, continuant de suivre

la politique adoptée, et, pensant que le
moment était venu de frapper un grand
coup, il fit partir pour l'Écosse, avec
force chevaliers bien munis d'armes et
d'argent, le roi David Bruce et sa femme,
qui, depuis sept ans, demeuraient en la
cour de France; pendant que petit à
petit leurs partisans leur reconqué-
raient leur royaume, ainsi que nous
avons dit et raconté dans le chapitre pré-
cédent.

Tandis que tous ces préparatifs de
guerre se faisaient, et que, de la Bretagne au fond de l'empire germanique,
chacun semblait ne rêver que guerre,
deux esprits seulement, pareils à des

anges de paix, planant au-dessus de
toutes ces mêlées, désiraient la fin de
toutes ces querelles : l'un était ce roi
Robert dit *le Bon*, qu'on appelait encore
le roi de Sicile, quoiqu'il ne possédât plus
cette île perdue par son grand-père,
Charles d'Anjou, dans la journée des
Vêpres Siciliennes, et qui avait envoyé
des lettres, afin que le roi Philippe ne
combattît pas le roi Édouard, attendu
qu'il avait lu dans les astres que toute
rencontre entre ces deux princes serait
fatale à la France ; l'autre était madame
Jeanne de Valois, sœur du roi Philippe et mère du jeune comte de Hainaut, qui voyait avec grande douleur

les épées tirées entre son fils et son frère, c'est-à-dire entre l'oncle et le neveu ;
ils s'en étaient donc entendus ensemble
et par lettres; si bien que le roi de Naples avait jugé la chose assez importante pour quitter lui-même son royaume
et s'en venir auprès du pape Clément VI,
en Avignon, pour le prier d'intervenir
dans cette querelle : c'était un de ces
rois moins rares alors que dans notre
époque, qui, lettrés eux-mêmes, aiment
les lettres, comprenant que l'intelli-
gence est le soleil des royaumes, et qu'il
n'y a de règne grand et splendide que
celui qui est éclairé par les rayons cé-
lestes de la poésie : aussi lorsque le cou-

ronnement de Pétrarque fut décidé par toute l'Italie, le roi de Naples avait-il été choisi par le poète pour lui faire subir son examen; aussi était-ce à cette érudition quelque peu pédantesque et à son amour pour les gens de lettres, bien plus qu'à la prospérité de son pays et à la gloire de ses armes, qu'il devait sa réputation du plus grand roi de la chrétienté. Même chose advint depuis, et pour la même raison, à François Ier et à Louis XIV, que le bouclier miraculeux des poètes défend encore contre les coups de l'histoire.

Il avait, au reste, trouvé le pape et les cardinaux tout-à-fait disposés à s'entremettre dans cette guerre si fatale aux deux royaumes ; de sorte que, certain de la bonne volonté de la cour pontificale, il était retourné dans son beau royaume au ciel pur, relire Dante et couronner Pétrarque.

Cependant Édouard, qui ignorait toutes ces choses, était, pour accomplir la promesse faite, parti de la ville de Gand, au moment où les blés commençaient à mûrir, avec une armée dans laquelle on comptait deux prélats, sept comtes, vingt-huit bannerets, deux cents chevaliers, quatre mille gens d'armes et neuf mille archers, sans nombrer toute la pédaille, qui pouvait bien monter à quinze

ou dix-huit mille hommes. A peine était-
il campé devant la ville, à la porte dite
de Saint-Martin, que son cousin Jean de
Brabant vint l'y rejoindre avec vingt
mille tant chevaliers qu'écuyers, et com-
munes gens, et posa son camp au Pont-
à-Raine, près l'abbaye de Saint-Nicolas ;
puis, derrière lui, le comte Guillaume de
Hainaut, avec la plus belle chevalerie de
son pays, et grand nombre de Hollan-
dais et Zélandais, lequel se plaça entre
le roi d'Angleterre et le duc de Brabant ;
puis Jacquemart d'Artevelle, avec plus
de soixante mille Flamands, qui dressèrent leurs logis devers la porte de
Sainte-Fontaine, sur les deux rives de

l'Escaut, et jetèrent un pont d'un bord
à l'autre, afin de communiquer à leur
loisir et aussi souvent et librement
comme il leur plairait; puis enfin les
seigneurs de l'empire, le duc de Gueldres, le marquis de Juliers, le marquis
de Brandebourg, le margrave de Misnie
et d'Orient, le comte de Mons, le sire de
Fauquemont, messire Arnoult de Bla-
kenheim, et tous les Allemands, qui s'é-
tant étendus vers le Hainaut, achevaient
d'enclore la ville d'une muraille de fer,
qui avait près de deux lieues d'étendue.

Le siège dura onze semaines, pendant
lesquelles il y eut de rudes assauts, où
les plus vaillants de part et d'autre firent

de grandes appertises d'armes, qui ne
menèrent à rien ; seulement, de temps
en temps, une compagnie se détachait,
ennuyée de rester ainsi autour de ces
fortes murailles, et s'en allait brûler
quelque château, piller quelque ville,
violer quelque abbaye. Pendant ce
temps, le pape d'Avignon avait fait porter par un cardinal des lettres au roi de
France, dans lesquelles il l'exhortait fortement à la paix, tandis que madame
Jeanne de Valois, qui, ainsi que nous
l'avons dit, était sœur de Philippe et
belle-mère d'Édouard, courait d'un
camp à l'autre, embrassant les genoux
des deux princes, les adjurant de faire

trève et poussant entre eux, à défaut de
son fils, qui était si courroucé, qu'il ne
voulait rien entendre, messire Jean de
Beaumont et le marquis de Juliers : elle
fit tant auprès de ce dernier, qu'il en
écrivit à l'empereur, lequel, pour la seconde fois, envoya un messager à
Édouard, lui offrant, comme il l'avait
déjà fait, d'être le médiateur entre lui et
le roi de France, cette guerre, à la manière dont elle était entreprise, ne devait
rien décider, et ruiner seulement les
pays auxquels elle demeurait depuis
plus de deux ans.

Une paix était impossible, surtout de
la part d'Édouard, qui avait son vœu à

accomplir; il fut donc simplement question de trève ; et madame Jeanne de Valois s'y employa si ardemment, voyant
qu'elle ne pouvait obtenir autre chose,
qu'elle décida les deux rois à fixer une
journée, où chacune des deux puissan-
ces enverrait quatre mandataires avec
pleins pouvoirs de traiter et certitude
que ce qu'ils feraient serait ratifié par
leurs souverains. Jour fut donc dit et assigné, et le lieu choisi en une chapelle qui
s'élevait au milieu des champs, qu'on
appelle Esplechin; et le jour dit et assigné, après avoir, chacun de son côté,
entendu la messe, les plénipotentiaires
se rendirent en ladite chapelle, et ma-

dame Jeanne de Valois avec eux. Si bien que là se trouvèrent réunis, de la part de Philippe de France, monseigneur Jean, roi de Bohême, Charles d'Alençon, frère du roi, l'évêque de Liége, le comte de Flandre et le comte d'Armagnac ; et, de la part d'Édouard d'Angleterre, monseigneur le duc Jean de Brabant, l'évêque de Lincoln, le duc de Gueldres, le marquis de Juliers et messire Jean de Beaumont.

Les conférences durèrent trois jours : pendant la première journée on ne put s'entendre sur rien, et les envoyés allaient se séparer sans résultat, lorsque madame Jeanne pria tant et tant, qu'ils promirent de se réunir le lendemain. Le lendemain les discussions recommencèrent; cependant on tomba d'accord sur quelques points; mais ce fut si tard, qu'on ne put même consigner par écrit les points sur lesquels on était d'accord; enfin on promit de revenir le jour suivant au même endroit pour parfaire et accorder le reste, et le jour suivant ils revinrent à grand conseil, et cette fois, à la grande joie de madame Jeanne, les trèves furent de part et d'autres accordées et signées pour un an.

Le même jour la nouvelle s'en répandit dans les deux armées, ce dont les Brabançons et les gens de Hainaut eu-

rent grande joie; car, depuis deux ans,
ils portaient tout le poids de la guerre :
quant à ceux de la ville de Tournay, ils
n'en furent pas moins aises; car la fa-
mine commençait à se faire sentir chez
eux au point qu'ils avaient été forcés de
mettre hors de leurs murailles tous les
pauvres gens et les bouches inutiles. La
nuit se passa donc en grands feux de ré-
jouissances allumés dans le camp et sur
les remparts, et en grands cris de joie
poussés par les assiégés et les assiégeants; puis, au jour naissant, ces der-
iers abattirent et troussèrent leurs tentes, les chargèrent sur des chariots, et,
les ayant recouverts de toile, s'en re

tirent en chantant, comme des faucheurs
qui ont achevé leur moisson.

Quant au roi Édouard, il revint prendre à Gand madame Philippe, et, en re-
passant la mer avec elle, il débarqua à
Londres le 50 novembre de la même
année.

Quelque peine qu'eût prise madame Jeanne de Valois pour arriver à la signature du traité de Tournai, il était évident que cette trève ressemblait bien plus à l'un de ces moments de repos que

prennent deux lutteurs, afin de continuer le combat avec une nouvelle force,
qu'à de véritables préliminaires de paix ;
d'ailleurs, au moment du retour d'É-
douard à Londres, deux causes, l'une
préexistante, l'autre près de naître, allait
reporter la question débattue à main
armée et sans résultat en Flandre, sur
deux autres points du monde, où, si bien
déguisée qu'elle fût, il était cependant
facile à tout œil exercé dans la politique
de l'époque de la reconnaître pour la
même.

La première de ces causes était le retour du roi David Bruce en son royaume.
Après une heureuse traversée à bord

d'un bâtiment commandé par Malcolm Fleming de Cummirnald, il était débarqué avec madame Jeanne d'Angleterre, sa femme, à Inverbervich, dans le comté de Kincardine, et y avait été reçu à grande fête par les seigneurs d'Écosse, qui l'avaient conduit aussitôt à Saint-Johnston ; bientôt le bruit de son retour s'était répandu de tous côtés ; de sorte que chacun, pressé de revoir son roi absent depuis sept ans, affluait sur son passage, l'empêchant d'avancer dans les rues quand il sortait, et le suivant dans ses appartements lorsqu'il y était rentré ; ces témoignages d'amour touchèrent le jeune roi pendant quelque temps ; mais bientôt cette éternelle obsession, qui en tous lieux le suivait, le fatigua au point, qu'un jour que la foule avait pénétré jusque dans sa salle à manger, et se pressait autour de lui avec son importunité ordinaire, il prit, cédant à un mouvement d'impatience, une masse d'armes aux mains d'un de ses gardes, et en assomma un honnête highlander, qui touchait son habit pour voir de quel drap il était fait. Cette boutade royale eut le meilleur résultat. A compter de ce jour, David Bruce fut moins tourmenté par les curieux, et, retrouvant quelques instants de repos, il put enfin s'occuper des affaires de son royaume.

Son premier soin fut d'envoyer des messagers à tous ses amis , afin qu'ils vinssent l'aider dans sa guerre avec le roi d'Angleterre, les priant de faire pour lui présent ce qu'ils avaient avec tant de dévoûment fait pendant son absence. A cet appel répondit d'abord le comte d'Orkenai son beau-frère, les petits princes des Hébrides et des Orcades, les chevaliers de Suède et de Norvège, enfin plus de soixante mille hommes de pied, et trois mille armures de fer.

La seconde de ces causes, au contraire de celle-ci, était, comme nous l'avons dit, toute fortuite et imprévue, et s'était émue au royaume même de France. En reve-

nant du siège de Tournai, Jean III, dit le
Bon, duc de Bretagne, qui avait quitté sa
province sur le mandement du roi Philippe, et avait rejoint son seigneur avec
une plus belle et une plus riche assemblée qu'aucun autre prince, tomba malade au camp, d'une telle maladie, qu'il
lui convint de s'aliter, et qu'il lui fallut
en mourir. Par malheur plus grand encore, ce duc de Bretagne n'avait nul enfant, de sorte que son duché demeura
sans héritier direct.

Mais, en échange, il avait eu deux
frères, l'un de père et de mère, qui était
trépassé en 1534, laissant une fille uni-
que, nommée Jeanne, qui avait épousé

le comte Charles de Blois ; l'autre qui se
nommait Jean, comte de Montfort, et qui
était fils du même père, mais né pendant
le deuxième mariage d'Arthur II avec
Yolande de Dreux. Or, de son vivant, se
voyant sans postérité, et n'ayant aucun
espoir d'en obtenir, ce duc de Bretagne
avait pensé que la fille de son frère ger-
main avait plus de droit à son héritage
que son frère consanguin ; de sorte qu'il
lui avait promis son duché de Bretagne,
et l'avait mariée à Charles de Blois, neveu
de Philippe de Valois, espérant que cette
auguste parenté imposerait à Jean de
Montfort, qu'il soupçonnait justement
de convoiter son duché. Le moribond ne

s'était pas trompé sur ce dernier point ;
car à peine fut-il mort et cette nouvelle
fut-elle sue de son frère, que celui-ci, tout
dépossédé qu'il était par le testament, se
rendit aussitôt à Nantes, qui est la cité
reine de toute la Brétagne, et fit tant par
largesses près des bourgeois et de ceux
des pays environnants, qu'il fut reçu par
eux à duc et à seigneur, et qu'ils lui firent
tous féauté et hommage.

Cette cérémonie terminée, le comte
laissa à Nantes la comtesse sa femme,
qui avait à elle seule cœur d'homme et
de lion, et se rendit à Limoges, où l'on
savait qu'était enfermé le grand trésor
que le feu duc amassait depuis long-

temps. Là, même fête et même réception
lui fut donnée comme à Nantes, et après
avoir été noblement accueilli des bourgeois, du clergé et de la communauté de
la ville, qui lui firent à leur tour hommage comme à leur seigneur, le trésor
lui fut remis de bon accord, si bien, que
lorsqu'il eût séjourné à Limoges à sa
convenance, il en repartit pour Nantes,
où il employa ce grand trésor à élever
une armée de gens à pied et à cheval; et
quand cette armée eut atteint le nombre
d'hommes qu'il crut nécessaire, il se mit
en campagne pour conquérir tout le
pays, et prit successivement Brest, Rennes, Auray, Vannes, Hennebon et Car-

haix; puis, lorsqu'il fut en possession de toutes ces villes, il s'embarqua à Coredon, traversa la mer, et débarqua à Chertsey, et ayant appris que le roi était à Windsor, il l'y vint joindre au plus tôt, et lui ayant raconté tout ce qui venait d'arriver, et comment il craignait que le roi Philippe ne le dépossédât de son duché, il finit par proposer à Édouard de lui en faire hommage, à la condition qu'il le maintiendrait dans sa possession.

L'offre du comte de Montfort était trop favorable à la politique d'Édouard pour ne pas être adoptée. Il pensa qu'à l'expiration de ses trèves l'entrée de la France lui serait naturellement ouverte par la Bretagne, et comme il avait vu la joie des Brabançons et des seigneurs de l'empire quand les hostilités avaient été interrompues, il doutait que dans un an ils fussent fort disposés à les reprendre. Il accorda donc au comte de Montfort sa demande selon son désir, et, en présence des barons anglais et de ceux que le comte avait amenés avec lui, il reçut entre ses mains hommage du duché, promettant en échange au comte qu'il le garderait et défendrait comme son vassal, contre tout homme, fût-ce le roi de France, qui tenterait de l'attaquer.

Pendant ce temps, Charles de Blois,

qui, de son côté, ainsi que nous l'avons dit, avait, par sa femme, des droits au même duché, était venu à Paris, se plaindre au roi Philippe, son oncle, de la spoliation du comte de Montfort. Le roi Philippe, jugeant aussitôt de l'importance de la question, avait rassemblé ses douze pairs pour les consulter, et savoir d'eux quelle chose il ferait. Leur avis fut qu'il devait citer le comte de Montfort à comparaître devant eux, pour qu'ils entendissent ce qu'il avait à répondre à l'accusation portée contre lui. En conséquence, des messagers lui furent envoyés pour le mander et ajourner, qui le trouvèrent revenu de Londres et menant grande fête à Nantes. Ils exposèrent sagement et respectueusement la mission dont ils étaient chargés. Le comte les ayant entendus, répondit qu'il voulait obéir au roi et irait volontiers sur son mandement ; puis il fit grande chère aux messagers, leur donnant au moment de leur départ de tels présents, qu'ils n'en eussent pas reçu de plus riches, eussent-ils été envoyés à un roi.

Lorsque le temps de se rendre aux ordres de Philippe fut arrivé, le comte de Montfort s'ordonna et s'appareilla grandement et richement, partit de Nantes noblement accompagné de chevaliers et d'écuyers, et chevaucha tant et si bien, qu'il arriva enfin à Paris, où il entra avec une suite de plus de quatre cents chevaux. Aussitôt il se rendit à son hôtel, toujours gardé et accompagné par ses gens d'armes, y demeura le jour de son arrivée et la nuit suivante ; puis, le lendemain, montant à cheval, avec le même cortége, il se rendit au palais où l'attendait le roi Philippe, le comte Charles de Blois, et les premiers seigneurs et barons du royaume.

Arrivé là, le comte de Montfort descendit de cheval, monta lentement les degrés du perron, entra dans la chambre où se tenait la cour ; puis, après avoir salué les seigneurs et barons, il vint plus

humblement s'incliner devant le roi;
alors, relevant la tête :

— Sire, lui dit-il avec calme, et en
homme dont le parti est pris, quelque
chose qu'il arrive, vous m'avez ordonné
de venir à votre mandement et à votre
plaisir, me voici.

— Comte de Montfort, répondit le roi,
je vous sais bon gré d'être venu, et je
vous en tiendrai compte; mais je m'é-
merveille fort, comment et pourquoi
vous avez osé vous emparer du duché de
Bretagne, auquel vous n'avez aucun
droit, déshéritant ainsi celui-là qui était
plus proche que vous, et comment ensuite vous êtes allé en faire hommage à

mon adversaire, le roi Édouard, du moins
à ce que l'on m'a dit.

— Cher Sire, répondit le comte en
s'inclinant de nouveau, vous vous mé-
prenez, ce me semble, sur la question de
mes droits ; je ne sais nul plus près et
plus prochain à mon frère, mort dernniè-
rement sans héritier, que moi qui suis
ici. Si cependant, contre mon espérance,
vous jugiez un autre plus apte à la suc-
cession, je suis trop votre fidèle et féal
pour ne pas accorder au jugement, et
m'y soumettre sans honte et sans retard ; quant à mon hommage au roi
Édouard, vous avez été mal informé,

Sire; c'est tout ce que je puis vous répondre.

— C'est bien, répondit le roi, et vous en dites assez pour que je sois satisfait. Je vous commande donc, sur ce que vous tenez de moi et devez en tenir, de ne point partir de la cité de Paris avant quinze jours, époque à laquelle les barons et les douze pairs jugeront de votre prochaineté, et décideront lequel, de vous ou du comté Charles de Blois, a droit à cet héritage. Que si vous faites autrement, sachez que vous me fâcherez et courroucerez fort. Sur ce, je prie Dieu qu'il vous ait en sa sainte garde.

— Sire, dit le comte, à votre volonté.

En conséquence il se retira et s'en revint à son hôtel pour dîner.

Mais au lieu de se mettre à table, il se retira tout pensif et tout soucieux dans sa chambre, songeant que, s'il attendait le jugement des pairs et des barons, ce jugement pourrait bien tourner à son désavantage ; car il n'était pas difficile de préjuger que le roi serait plus volontiers pour le comte Charles de Blois, qui était son neveu, que pour lui qui ne lui était rien. Puis alors, et dans le cas où ce jugement serait contre lui ; il était probable que le roi le ferait incontinent arrêter jusqu'à ce qu'il eût tout rendu, cités, villes et châteaux, ainsi que ce grand

trésor qu'il avait trouvé et déjà dépensé
en partie. Il lui parut donc plus sage et
plus prudent de s'en retourner en Bretagne, dût-il fâcher et courroucer le roi,
que d'attendre à Paris ce qui résulterait
d'une aussi périlleuse aventure. En conséquence de cette décision, il sortit le
même soir de Paris, accompagné de
deux chevaliers seulement, pour ne pas
éveiller de soupçons, recommandant au
reste de son cortège de se départir, comme il le faisait, à petites chevauchées et
de nuit, et s'en revint paisiblement en
Bretagne, où il était déjà que le roi Philippe le croyait encore dans son hôtel de
Paris.

Cependant, à peine arrivé, il comprit tout le danger de sa position ; et, sans perdre un instant, aidé de sa femme, qui, au lieu de le décourager dans ses projets de rébellion, lui soufflait incessamment un nouveau courage, il parcourut toutes les cités et tous les châteaux qui s'étaient rendus à lui, y mit bonne garde, bons capitaines, et vivres à l'avenant ; puis, lorsqu'il eut tout ordonné ainsi qu'il convenait, il s'en revint à Nantes, près de la comtesse et des bourgeois de la ville, qui les aimaient fort tous deux, pour les grandes largesses et courtoisies qu'ils leur faisaient.

On comprend facilement quelle dut

être la colère du roi de France et du comte Charles de Blois lorsqu'ils apprirent le départ du comte de Montfort. Toutefois, avant de rien faire ni décider contre lui, ils n'en attendirent pas moins jusqu'à la quinzaine, époque à laquelle le comte et les barons devaient rendre leur jugement sur le duché de Bretagne. Charles de Blois avait toujours eu de grandes chances; mais à compter du jour du départ du comte de Montfort, il n'y avait plus à douter que l'arrêt ne lui fût favorable. Ainsi advint-il : le comte Charles de Montfort fut débouté de ses prétentions et le duché de Bretagne adjugé à l'unanimité au comte Charles de Blois;

mais là n'était pas la question ; c'était de
le reprendre.

Aussi à peine le jugement fut-il rendu
par pleine sentence de tous les barons,
que le roi appela messire Charles de
Blois.

— Beau neveu, lui dit-il, on vient de
vous adjuger céans un grand et bel héritage, maintenant hâtez-vous et travaillez
de votre personne pour le reconquérir
sur celui qui le retient à tort ; priez en
conséquence tous vos amis qu'ils veuil-
lent vous aider au besoin. Quant à moi,
je ne vous ferai pas faute ; et outre l'or et
l'argent que je mets à votre disposition,
et que vous pourrez prendre tant qu'il

vous en sera nécessaire, je dirai à mon fils le duc de Normandie de se faire chef avec vous ; mais, sur toutes choses, je vous prie et vous recommande de vous hâter, attendu que si le roi anglais, notre adversaire, à qui le comte de Montfort a prêté hommage, venait en votre duché, il pourrait nous porter à tous deux grand préjudice ; car il ne saurait avoir plus belle et plus large entrée en notre royaume de France.

Messire Charles de Blois, à ces paroles qui le réjouirent grandement, s'inclina devant son oncle, le remerciant de sa bonne volonté ; puis, se retournant vers

les pairs et barons, il pria le duc de Normandie, son cousin, le duc d'Alençon,
son oncle, le comte de Blois, son frère,
le duc de Bourgogne, le duc de Bourbon,
messire Louis d'Espagne, messire Jacques de Bourbon, le comte et le connétable de France, le comte de Ghines; le
vicomte de Rohan, enfin tous les princes, comtes, barons et seigneurs qui se
trouvaient là présents, de l'aider dans
cette rude besogne qu'il allait entre-
prendre, et tous le lui promirent, disant
qu'ils iraient volontiers avec lui et avec
leur seigneur le duc de Normandie; puis
chacun se retira de son côté pour faire
ses prévoyances et s'appareiller comme

il convenait au moment d'aller en si lointain pays.

Or, comme on savait que le roi Philippe prenait à grand cœur les intérêts
de son neveu, chacun fut vitement prêt ;
de sorte que, vers le commencement de
l'année 1541, les barons et seigneurs qui
devaient marcher sous la bannière du
duc de Normandie, furent réunis en
la ville d'Angers, d'où, se voyant au com-
plet, ils partirent bientôt pour Ancenis,
qui, de ce côté, était la frontière du
royaume.

Après être restés trois jours à calcu-
ler et réviser leur pouvoir, ils virent
qu'ils étaient trois mille armures de fer,

sans compter les Génois ; de sorte que, se jugeant en nombre suffisant, ils entrèrent hardiment au pays de Bretagne, et vinrent mettre le siège devant Chantonceaux. Les premières tentatives contre cette forteresse furent désastreuses, surtout pour les Génois, qui, étant jaloux de faire leurs preuves, s'aventurèrent inconsidérément et éprouvèrent de grandes pertes. Mais peu à peu, les assiégeants s'étant donné la peine de construire des machines, les assauts furent donnés régulièrement ; et comme ceux de la ville se virent pressés de grande ardeur, sans aucun espoir d'être secourus, ils se rendirent aux seigneurs français, qui les

prirent à merci, et, tirant bon augure de
ce commencement, marchèrent droit à
Nantes, où se tenait leur ennemi le comte
de Montfort. Arrivés devant la ville, ils
dressèrent leurs tentes et leurs pavil-
lons autour de ses murailles, en belle et
régulière ordonnance, comme les seigneurs français avaient coutume de faire;
et ceux de la ville, de leur côté, encouragés et reconfortés par le comte de Montfort, et messire Hervey de Léon, qui
commandait les soudoyers, s'apprêtèrent
à opposer à leurs ennemis bonne et rude
défense.

Les hostilités commencèrent par des
escarmouches sans conséquence; puis

enfin advint une aventure qui eut des
suites si graves, que nous la raconterons
avec quelques détails.

Un matin que les soudoyers du comte
et quelques bourgeois de la ville étaient
sortis pour faire une reconnaissance aux
environs, ils rencontrèrent un convoi
composé d'une quinzaine de voitures
chargées de vivres et pourvoyances ,
qui se rendaient à l'armée sous la conduite de soixante hommes. Comme ceux
de la cité étaient deux cents à peu
près, ils coururent sus, sans hésiter,
tuèrent une partie de l'escorte, mirent
l'autre en fuite, et faisant tourner les
charrettes, commencèrent à les conduire

vers la cité. La nouvelle de cette surprise
fut cependant, quelque diligence que
fissent les Nantais, portée à l'armée par
les fuyards avant qu'ils eussent regagné
les portes de la ville. Aussitôt chacun s'arma, les plus tôt prêts montèrent à cheval,
et rejoignirent le convoi près de la barrière. Là le combat se réengagea de nouveau et durement, car ceux de l'armée
accouraient en grand nombre, si bien
que les soudoyers et les bourgeois allaient être accablés, lorsqu'un détache-
ment envoyé par la garnison leur vint en
aide, et rétablit la bataille. Quelques-uns
alors, pendant que leurs camarades se
battaient, dételèrent les chevaux et les

poussèrent vers la ville, afin que, dans le cas où les Français seraient vainqueurs, ils ne pussent au moins emmener les voitures. La lutte se continuait donc avec acharnement autour d'elles, lorsque de si grands renforts vinrent à ceux de l'armée, que les bourgeois et les soudoyers, voyant du haut des remparts plier leurs amis, sortirent à grand bruit et en foule, se jetant en désordre au milieu de la mêlée. Alors messire Hervey de Léon, voyant, à leur manière de combattre irrégulière, qu'ils ne pourraient pas tenir longtemps, ordonna la retraite. Les gens d'armes, habitués aux manœuvres et aux commandements militaires,

obéirent aussitôt avec ordre et précision ;
mais les bourgeois, ignorants en ces sortes
d'exercices, se trouvèrent engagés au milieu des Français, sans chef pour les com-
mander, et par conséquent sans unité
pour attaquer ou pour se défendre. Il en
résulta que beaucoup furent tués et qu'un
grand nombre fut pris, tandis que les soudoyers, battant en retraite en bon ordre,
rentrèrent dans la ville sans avoir perdu
davantage que quelques hommes, au
lieu que les bourgeois avaient bien eu
cent tués, deux cents blessés et autant de
prisonniers.

Il résulta de cette aventure qu'un grand
mécontentement s'éleva de la part des

bourgeois contre les gens d'armes, qu'ils prétendaient les avoir abandonnés en cette occasion. Si bien que, tant pour sauver leurs biens qu'ils voyaient détruire au dehors que pour racheter leurs pères, enfants ou amis qui étaient prisonniers, ils ouvrirent des conférences secrètes avec le duc Jean, promettant, si on leur garantissait la vie et les biens saufs, et si l'on s'engageait à leur rendre leurs parents et amis, qu'ils ouvriraient une des portes de la ville, afin que les seigneurs français pussent entrer dans la cité, et aller prendre le comte de Montfort dans le château. Ces offres étaient trop avantageuses au duc de Normandie

pour qu'il les refusât. Les accords furent
faits ; et, au jour dit, les Français trouvant la porte ouverte, allèrent droit au
palais, et, avant que le comte de Montfort pût songer à se défendre, le prirent
et l'emmenèrent au camp, sans que,
ainsi qu'il avait été promis, il en résultât
aucun dommage pour la ville. Charles de
Blois mit aussitôt bonne garnison à Nantes, et s'en revint avec son prisonnier
vers Philippe de Valois, lequel fut bien
joyeux de tenir entre ses mains le bran-
don de cette fatale guerre, et, ayant fait
mettre le comte de Montfort en la tour
du Louvre, il l'y retint prisonnier comme
coupable de forfaiture et de trahison.

Tandis que ces évènements se passaient
à Nantes et à Paris, vers la fin de décem-
bre de l'an 1341, Édouard, qui savait que
les hostilités étaient commencées entre
la Bretagne et la France, se préparait à
envoyer, ainsi qu'il l'avait promis, des
troupes à son vassal, lorsque Jean de
Neufville, arrivant un matin de Newcastle, où, comme nous l'avons dit, il
était gouverneur, vint apprendre au roi
qu'il avait en ce moment trop à s'occuper
de ses propres affaires pour songer aucunement à démêler celles des autres.

Nous avons dit comment le roi David
avait fait son mandement et comment
chacun s'était empressé d'y répondre,

soit par amour pour pour lui, soit par haine pour Édouard : il en résulta que son armée étant promptement montée à soixante-cinq mille hommes, parmi lesquels on comptait trois mille armures de fer, le roi entra en Angleterre, laissant à sa gauche le château de Roxbourg, qui tenait pour les Anglais, et la ville de Berwick, où était renfermé Edouard Balliol, son compétiteur au trône d'Écosse, et vint camper devant la forteresse de Newcastle, sur la Tyne. Cette expédition ne commença point sous d'heureux présages ; car la nuit même où le roi David était arrivé, une troupe d'assiégés sortit par une poterne, pénétra jusqu'au milieu

du camp écossais, et surprenant le comte
de Murray dans son lit, le ramena prisonnier dans la ville. C'était un brave
chevalier, qui avait hérité de son père,
régent sous la minorité de David, un
amour puissant et fidèle pour son pays et
pour son roi. Le lendemain David ordonna l'assaut; mais, après deux heures de
combat aux barrières de la ville, il fut
forcé de se retirer avec grande perte de
ses gens, et se dirigea vers Durham.

A peine Jean de Neufville, qui commandait le château de Newcastle, eut-il
vu les ennemis s'éloigner, qu'il s'élança
sur le meilleur de ses chevaux, et, par
des routes détournées, connues des seuls

habitants du pays, il se rendit en cinq
jours à Chertsey, où se trouvait alors le
roi d'Angleterre. C'était le premier messager qui apportait à Édouard la nouvelle
de cette invasion. Celui-ci, à son tour,
s'empressa de faire son mandement : il
renfermait un appel à tous les Anglais
au-dessus de l'âge de quinze ans et qui
n'en avaient point encore atteint soixante. Mais, pressé de juger par lui-même
des forces et des projets de l'armée enne-
mie, il donna rendez-vous à ses chevaliers, écuyers et hommes d'armes, vers
les marches du Northumberland, et partit par mer pour Berwick. A peine y était-
il arrivé, qu'il apprit que Durham avait

été pris d'assaut, et que tout dans la ville avait été mis à mort sans rançon ni merci, jusqu'aux moines, aux femmes et aux enfants, qui, sans respect pour la sainteté du lieu, avaient été brûlés dans l'église où ils avaient cherché un asile.

L'arrivée du roi à Berwick, tout isolé qu'il était encore, suffit pour déterminer David Bruce à la retraite : il se retira donc vers les frontières écossaises, atteignit la Tweed; et, comme la nuit s'avançait, il assit son camp à quelque distance du château de Wark, dans lequel la belle Alix de Granfton attendait le retour de son mari, prisonnier de guerre au Châtelet de Paris : cette forteresse, car elle

méritait ce nom sous tous les rapports,
était défendue par notre ancienne con-
naissance Guillaume de Montaigu et par
une centaine de braves hommes d'armes.
Le jeune bachelier, qui, pendant les quatre ans qui s'étaient écoulés, était devenu
homme et était resté de race, ne put sentir l'ennemi si près de lui sans être atteint du mal de guerre. Il prit avec lui
quarante bons compagnons bien montés
et bien armés, et, tombant sur les der-
rières de l'armée écossaise engagée dans
un défilé, il lui tua deux cents hommes,
et lui enleva cent vingt chevaux chargés
de joyaux, d'argent et d'habits ; les cris
des blessés, le bruit des armes, retenti-

rent tout le long de cette armée, qui frissonna comme si elle n'eût formé qu'un
seul corps, et parvinrent jusqu'à Guillaume de Douglas, qui conduisait l'avant-
garde; le serpent auquel on marchait sur
la queue se retourna prêt à dévorer la petite troupe ; mais déjà elle battait en retraite avec ses prisonniers et son butin.

Guillaume de Douglas se mit à la poursuite de Guillaume de Montaigu, et il
donnait de sa lance contre les barrières
du château au moment où elles se fer-
maient derrière les maraudeurs. Douglas engagea aussitôt le combat avec
ceux des remparts. Les chevaliers de
Suède et de Norwège, les princes des Or-

cades et des Hébrides, voyant l'escalade
entreprise, accoururent au secours des
assiégeants; enfin David-Bruce lui-même,
avec le reste de l'armée, vint se mêler au
combat : il fut long et sanglant. Le château
était vigoureusement attaqué, mais aussi
fortement défendu; les deux Guillaume
faisaient merveille. Enfin le roi, voyant
que sans machine de guerre on n'avançait à rien, et que les plus braves de ses
soldats étaient déjà gisant au pied des
remparts, ordonna de cesser cet assaut
improvisé. Mais les combattants étaient
si acharnés à l'action, et en particulier
Douglas, que Guillaume de Montaigu
avait reconnu au cœur sanglant qu'il

portait sur ses armes, et qu'il défiait et
raillait du haut de la muraille, que David fut obligé de leur promettre qu'il ne
s'éloignerait pas du château, avant d'a-
voir vengé ses gens et repris le butin
qu'on lui avait enlevé; ce que tous regardaient comme un affront dont chacun
avait reçu sa part.

Aussitôt les assaillants se retirèrent à
une double portée de trait du château,
emportant avec eux les blessés et les
morts de condition. Quant aux autres,
ils les laissèrent au pied des remparts.
Une partie de l'armée commença aussitôt à tirer ses lignes, à établir ses logis
et à mettre en état les engins et instru-

ments de guerre qui devaient servir à
l'assaut du lendemain, tandis que l'autre
s'occupait de soins non moins impor-
tants, faisait cuire dans leurs peaux des
bœufs et des moutons entiers, et, tirant
des harnais la pierre plate que chaque
cavalier portait avec lui, la faisait rougir
au feu, et étendait sur elle une poignée
de farine délayée, qui prenait aussitôt,
saisie qu'elle était par la chaleur, la con-
sistance d'une espèce de galette. Cette
manière de vivre en campagne dispen-
sait les Écossais de traîner à leur suite
tout cet attirail de fours et de chau-
dières qui attarde la marche d'une
troupe de guerre. Aussi faisaient-ils,

dans leurs invasions où dans leurs re-
traites, des marchés forcées de dix-huit
à vingt lieues, qui déroutaient complète-
ment leurs adversaires.

Telle était donc la scène qui se passait
à mille pas à peu près du château de
Wark, scène de vie et d'animation, qui
donnait, si l'on peut s'exprimer ainsi,
la main à une scène de carnage et de
mort ; car tout l'intervalle qui s'étendait
entre le pied des remparts et les premières lignes du camp était l'emplace-
ment même du champ de bataille où,
comme nous l'avons dit, on avait laissé
ceux des blessés qui, par leur peu d'importance, n'étaient point regardés com-

me une perte notable. Aussi, de temps
en temps, de cet espace sombre s'éle-
vaient comme d'un gouffre, et passaient
avec le vent, des cris, des plaintes ou des
sons inarticulés, qui paraissaient n'appartenir à aucune langue humaine, et
qui faisaient frissonner sur le rempart
les plus braves sentinelles. Alors une
flèche enflammée traversait l'air comme
une étoile qui file, allait s'enfoncer toute
brûlante dans la terre, et pendant un
instant éclairait une partie du champ de
bataille. Le but des assiégés, en répétant
de quart-d'heure en quart-d'heure cette
manœuvre, était d'empêcher ceux du
camp de venir porter secours aux bles-

sés, et les blessés de rejoindre ceux du camp ; car, si à la lueur de ces torches guerrières on voyait se dresser un homme sur la plaine funèbre, il devenait aussitôt un point de mire pour ces archers anglais, si sûrs de leur coup, qu'ils portaient chacun, disaient-ils, douze Écossais morts dans la trousse qui pendait à leur côté ; alors le malheureux qui avait rassemblé ses dernières forces pour se traîner du côté de la vie retombait frappé d'une nouvelle blessure, et pour celui-là la mort n'avait qu'une demi-besogne à faire. Parfois aussi cette lumière tremblante donnait, par ses vacillations, l'apparence de la vie à des corps immobiles, et une flèche inutile allait s'enfoncer et se perdre dans un cadavre.

Certes, comme nous l'avons dit, c'était bien là un spectacle à attirer l'attention d'un soldat; et cependant au-dessus de la porte d'entrée du château de Wark un jeune homme veillait, armé de toutes pièces et son casque posé à ses pieds, sans paraître recevoir aucune impression de ce qui se passait devant lui; il était même si absorbé dans ses pensées, qu'il ne s'aperçut pas qu'une femme, qu'à la légèreté de ses pas on eût prise, il est vrai, pour une ombre, avait atteint la plate-forme par un escalier intérieur, et s'approchait de lui. Cependant, arrivée à la distance de quelques pas, elle s'arrêta comme si elle hésitait, et, s'appuyant sur un créneau, elle demeura immobile. Il y avait déjà quelques minutes qu'elle était dans cette position lorsque le cri de garde se fit entendre vers l'autre aile du château, et, se rapprochant de sentinelle en sentinelle, gagna le jeune homme qui, se tournant pour le pousser à son tour du côté opposé où il l'avait reçu, distingua à une longueur de lance de lui cette femme blanche, immobile et muette comme une statue. Alors le cri commencé s'éteignit inachevé dans sa bouche ; il fit un mou-

vement pour s'avancer vers l'objet qu'il
s'attendait si peu à voir apparaître à ses
côtés; mais il s'arrêta aussitôt, enchaîné
à sa place par un sentiment qu'un ob-
servateur superficiel aurait pu prendre
pour du respect. En ce moment la sentinelle, voyant que son cri n'avait point
eu d'écho, le proféra une seconde fois
avec plus de force. Le jeune homme parut alors faire un effort sur lui-même,
et, d'une voix dans laquelle on pouvait
reconnaître une altération sensible, il
répéta le cri nocturne et vigilant, qui
s'éloigna en s'affaiblissant toujours, et
alla se perdre à l'endroit même où il
avait commencé à se faire entendre.

—Bien, mon châtelain, dit alors d'une voix douce, et en se rapprochant du jeune bachelier, la blanche apparition, je vois que vous faites bonne garde, et que nous sommes en sûreté. Nous commencions à en douter cependant, en voyant qu'on pouvait arriver si près de vous sans être aperçu.

— Oui, c'est impardonnable à moi, Madame, répondit le jeune homme, non point de ne vous avoir pas entendue, car ces nuages qui viennent d'Écosse glissent moins légèrement au ciel que vous ne le faites sur la terre, mais de ne vous avoir pas devinée : je ne me croyais pas le cœur aussi sourd!

— Et pourquoi, continua la dame en souriant, mon beau neveu n'a-t-il point paru au souper dont je viens de faire les honneurs à nos braves chevaliers? Il me semble qu'il a fait aujourd'hui un assez rude exercice pour avoir gagné de l'appétit.

— Parce que je n'ai voulu m'en remettre à personne du soin de veiller sur le dépôt qui m'a été confié, Madame. Aurais-je un instant de tranquillité si je n'étais pas ici?

— Je crois plutôt, Guillaume, continua la comtesse en souriant, que vous faites pénitence pour expier l'étourderie qui nous a attiré cette armée sur le bras. Si c'est là le véritable motif qui vous éloigne de nous, je trouve la punition que vous vous imposez trop méritée pour rien retrancher de sa rigueur. Cependant, comme on a besoin de votre prudente expérience au conseil, mettez quelqu'un à votre place ; vous reviendrez la prendre lorsque vous aurez donné votre avis.

— Et sur quoi délibère-t-on ? s'écria Guillaume ; j'espère qu'il n'est point question de se rendre, et qu'on n'oubliera pas que je suis le châtelain de céans, et par conséquent le maître en fait de guerre de cette forteresse tant que durera l'absence de mon oncle de Salisbury.

— Bon Dieu! qui vous parle de capitulation, Monsieur le gouverneur? Soyez tranquille ; personne ici ne songe à pareille chose, et la bravoure que j'ai déployée aujourd'hui pendant l'assaut aurait dû, ce me semble, me mettre pour mon compte, à l'abri d'un tel soupçon.

— Oh! oui, c'est vrai, dit Guillaume en joignant les mains, ainsi qu'il eût fait devant une image sainte, vous êtes brave, noble et belle comme les Valkyries, ces filles d'Odin, qui, dans les chants des bardes saxons, visitent les champs de

bataille pour recueillir les âmes des guer-
riers mourants.

— Oui, mais je n'ai pas comme elles
une cavale blanche qui souffle la terreur
par les naseaux, et une lance d'or qui
renverse tout ce qu'elle touche ; ce qui
fait que, si calme que je sois ou que je
paraisse pour les autres, pour vous,
Guillaume, je cesserai de feindre, et
j'ôterai ce masque d'espérance, afin que
vous puissiez voir toute mon inquiétude.
Calculez, si vous pouvez, de combien
de milliers d'hommes se compose cette
multitude qui nous entoure, voyez de
quels préparatifs terribles elle s'occu-
pe ; puis passez d'elle à nous ; comptez

nos défenseurs, et examinez nos moyens de défense!... Guillaume, il serait imprudent de nous reposer sur nos seules forces.

— Avec l'aide de Dieu, il faudra cependant bien qu'elles nous suffisent, madame, répondit. Guillaume avec fierté, et je crois que deux ou trois assauts comme celui d'aujourd'hui feraient perdre à nos ennemis, si nombreux qu'ils soient, non seulement l'espérance de nous prendre, mais encore l'envie d'essayer. Tenez, tout-à-l'heure vous me mettiez au défi de compter les vivants, essayez de compter les morts.

En effet, une flèche enflammée ve-

nait de partir des murailles, et était al-
lée s'enfoncer au milieu du champ de bataille, jonché de cadavres, qui s'étendait,
comme nous l'avons dit, du pied des
remparts aux lignes du camp. Alix suivit des yeux le météore guerrier, qui,
continuant de brûler en touchant la
terre, éclaira un cercle assez étendu.
Vers l'extrémité de ce cercle et du côté
du camp, on put alors apercevoir, grâce
à cette lueur, un homme qui allait de
cadavre en cadavre, comme s'il cherchait à reconnaître quelqu'un; enfin il
s'agenouilla près d'un d'eux, et lui souleva la tête. Au même instant un sifflement traversa l'air, un cri se fit enten-

dre ; l'homme se dressa sur ses pieds
comme s'il voulait fuir ; mais aussitôt il
retomba près de celui qu'il était venu
chercher ; presque aussitôt la flèche enflammée s'éteignit, tout rentra dans
l'obscurité ; quelques plaintes s'élevè-
rent dans les ténèbres, puis s'éteignirent
à leur tour comme s'était éteinte la lumière ; et tout rentra dans le silence.

Guillaume sentit en ce moment peser
à son bras la comtesse faiblissante, et
se retourna de son côté tout frissonnant
lui-même ; car, à travers les lames de fer
de son armure, cette main l'avait brûlé :
Alix pliait sous ses genoux et semblait
près de tomber ; Guillaume la soutint

— Oh ! dit Alix en passant la main sur
son front, quelle terrible chose qu'un
champ de bataille ! Le jour ce n'est rien.
Vous savez comme j'ai été brave et cou-
rageuse? eh bien ! tous ces hommes
que j'ai vus tomber au milieu du bruit
et du carnage, tous ces cris de mort que
j'ai entendus, m'ont moins douloureusement atteinte que la chute de ce malheureux qui cherchait le cadavre d'un
père, d'un fils ou d'un ami, pour lui
rendre les saints devoirs de la sépulture,
et que la plainte qu'il a poussée en mourant. Oh ! écoutez, écoutez ; n'entendez-
vous pas encore des gémissements?

— Il n'est que trop vrai, madame, répondit Guillaume ; beaucoup des hommes qui sont couchés sur le lit sanglant que vous avez entrevu ne sont point encore expirés, et ils achèvent de mourir. Ce sont des soldats ; ils devaient finir ainsi.

— Oh! pour un homme de guerre, mourir au milieu de la bataille et du bruit, à la vue des frères d'armes et des chefs, au bruit des instruments qui sonnent la victoire, ce n'est rien ; mais mourir lentement et douloureusement, loin de tout ce qu'on a aimé et de ce qui vous aime, dans une nuit si obscure qu'il semble que l'œil de Dieu même ne saurait percer jusqu'à nous, mourir en mordant

et en déchirant une terre étrangère dé-
trempée avec son sang... Oh! c'est la
mort d'un parricide, d'un hérétique ou
d'un damné!... Et quand je pense qu'il
y a au monde quelque chose de pis encore que cette mort!... oh! Guillaume!
il est bien permis de perdre courage, de
frémir et de trembler.

— Que voulez-vous dire? s'écria Guillaume avec crainte.

— N'avez-vous pas ouï raconter les
atrocités commises à Durham? n'avez-
vous pas entendu dire que tout avait été
dévoré sans pitié par ces loups écossais
sortis de leurs forêts et descendus de
leurs montagnes, tout, hommes, vieil-

lards, enfants, tout, jusqu'aux femmes, et que le peu qu'ils avaient épargné de ces dernières avait plus à maudire Dieu que si elles étaient mortes ?

—Oh ! vous ne craignez point pareille chose, j'espère ! Oh ! nous nous ferons tuer tous jusqu'au dernier, et l'on n'arrivera jusqu'à vous qu'en passant sur mon corps.

— Oui, je sais cela, Guillaume, répondit tranquillement Alix ; mais après ?... Le château n'en sera pas moins pris ; au dernier moment, le courage peut me manquer pour me tuer, car je suis femme, et par conséquent j'ai le cœur et le bras faibles devant la mort !

— Eh bien ! s'écria Guillaume, c'est moi qui... Oh ! misérable que je suis, qu'est-ce que j'ai pensé? qu'est-ce que j'allais dire ?

— Merci, Guillaume, dit Alix en tendant la main au jeune bachelier, ma pensée a éveillé la vôtre; c'est bien ; mon mari m'a remis sous votre garde avec plus d'inquiétude encore, j'en réponds, pour mon honneur que pour ma vie : si vous ne pouvez me rendre à lui vivante et pure comme vous m'avez reçue de lui, vous me rendrez du moins morte et pure, et il dira que vous avez, sinon fidèlement, du moins vaillamment accompli votre tâche, et, vivant ou mort, il en sera

reconnaissant à vous ou à votre mé-
moire ; mais ceci est une dernière extrémité, Guillaume, et peut-être y a-t-il un
moyen.

— Lequel ! s'écria le jeune homme
sans lui donner le temps d'achever.

— On dit que le roi est à Berwick, où
il rassemble une armée ; Berwick n'est
qu'à une journée de chemin d'ici.

— Vous demanderez secours à
Édouard, madame ? dit Guillaume en pâlissant.

— Et il me l'accordera, j'en suis cer-
taine, répondit la comtesse.

— Oh ! sang-Dieu ! je n'en doute pas,

s'écria Guillaume. Et vous le recevrez dans ce château, madame?...

— N'est-ce point mon souverain et mon maître? n'est-ce pas le seigneur auquel mon mari a juré foi et hommage? et s'il m'accorde ma prière, s'il vient à mon secours et que je lui doive la vie, et plus que la vie peut-être, n'aura-t-il pas un droit de plus à ma reconnaissance ?

—Oui, oui, et à votre amour, murmura Guillaume en se frappant le front de ses gantelets de fer...

— Messire ! dit la comtesse avec froideur et dignité.

— Oh! pardon, pardon ! s'écria le jeune bachelier ; vous ignorez cela, vous,

madame ; car la vertu porte un voile.
Mais si vous aviez suivi comme moi ses
regards quand ils se fixaient sur vous,
si vous aviez étudié le son de sa voix
quand il parlait de vous ; si vous l'aviez
vu rougir et pâlir quand il s'approchait
de vous, si vous vous étiez réveillée cette
nuit où je veillais près de vous, oh ! vous
ne douteriez pas que cet homme vous
aime. Et cet homme, c'est un roi...

—Que m'importe, dit Alix, que l'amour
insensé que j'ai le malheur d'inspirer
vienne de plus haut que moi ou de plus
bas que moi ? J'aime assez mon noble
époux pour être sûre qu'aucune séduc-
tion ne me fera manquer à la fidélité que

je lui ai jurée ; et si bonne opinion que
j'aie de ma beauté, je ne crois pas qu'elle
fasse naître jamais une passion assez
forte pour que celui qui en sera atteint
ait recours à la violence. Ainsi donc,
Guillaume, si vous n'avez que cette ob-
jection à faire au moyen que je vous pro-
pose, ce ne sera point un motif pour
moi de l'abandonner, et je vous prierai
de chercher si, parmi les habitants de
ce château, il en est un assez brave et
assez dévoué pour traverser le camp
écossais et porter ma requête au roi d'Angleterre.

— Je sais quelqu'un qui mourra sur
un signe de vous, madame, et qui sera

trop heureux de mourir, répondit tristement Guillaume ; veuillez donc redes-
cendre près des chevaliers qui vous attendent dans la salle du conseil. Écrivez
vos lettres, dans un quart d'heure le messager sera prêt.

La comtesse serra la main de Guillaume, en signe de remercîment, et
s'éloigna légère comme elle était venue,
Guillaume la suivit des yeux jusqu'au
moment où elle sembla glisser aux marches de l'escalier. Alors, se retournant,
il appela un écuyer sur la fidélité et la
vigilance duquel il savait pouvoir compter, le mit à sa place, et, posant son

casque sur sa tête , il s'éloigna en poussant un soupir.

La comtesse redescendit dans la salle
où l'attendaient les chevaliers, et rédigea
avec leur conseil les lettres qu'elle adres-
sait au roi. Elle venait de les sceller
lorsque Guillaume de Montaigu entra.
Le peu de temps qui s'était écoulé lui
avait suffi pour changer de costume; et
au lieu de sa lourde armure de bataille,
il portait uu justaucorps bleu et noir
taillé comme ceux des archers , un pan-
talon collant rayé de ces deux couleurs,
de légers brodequins et une toque de velours. Quant à ses armes, c'était une
courte épée semblable à un couteau de

chasse, un arc d'if et une trousse garnie de flèches. Il s'approcha de la comtesse, et s'inclinant devant elle : — Les lettres sont-elles prêtes, madame? lui dit-il.

— Qu'est-ce que cela signifie? s'écrièrent les chevaliers, vous chargez-vous vous-même de ce message?

— Messeigneurs, répondit Guillaume, j'ai si grande confiance en votre courage et en votre loyauté, que je vous laisse la défense du château. Quant à moi, il m'est venu le désir, pour l'amour de madame et de vous, de risquer mon corps dans cette aventure; car j'ai pressentiment qu'elle finira à mon honneur et au

yôtre, et que j'aurai amené céans le roi
Édouard avant que vous n'ayez capi-
tulé.

Les chevaliers applaudirent à cette résolution ; la comtesse tendit les dépêches à Guillaume, qui mit un genou
en terre pour les recevoir. — Je prierai
pour vous, dit Alix.

— Dieu me fasse la grâce de mourir
pendant votre prière, répondit Guillaume ; je serai bien sûr de monter au
ciel. En ce moment l'heure sonna à
l'horloge du château, et l'on entendit le
cri des soldats de garde, qui répétaient
tout le long des remparts : —Sentinelles,
veillez ! — Minuit ! s'écria Guillaume,

qui avait écouté chaque son de l'horloge;
il n'y a pas une minute à perdre. Et
il s'élança hors de l'appartement.

Guillaume se fit ouvrir une poterne du château, et, sans prendre avec lui ni écuyer ni varlet, il s'aventura sur le champ de bataille, qu'il traversa sans accident. La nuit était sombre et plu-

vieuse, et par conséquent favorable à
son entreprise; aussi parvint-il jusqu'aux
retranchements sans être aperçu, et,
comme l'eau qui tombait à torrents rete-
nait les Écossais dans leurs logis, il franchit les palissades, et se trouva dans le
camp ; ignorant s'il en pourrait sortir
aussi facilement qu'il y était entré, il
s'orienta avant de pénétrer plus avant,
et se dirigea vers sa gauche, où il devait
trouver les bords de la Tweed, pensant
avec raison que, s'il était découvert, ce
fleuve, tout torrentueux et grossi qu'il
était, lui offrait un moyen dangereux,
mais cependant possible, de salut. Au
bout de cent pas à peu près, il rencon-

tra la rivière ; il suivit avec précaution
la rive sur laquelle il se trouvait.

Il marchait depuis dix minutes environ, lorsqu'il crut entendre quelque
bruit : il s'arrêta aussitôt, écoutant avec
l'attention d'un homme dont la vie repose sur la finesse de ses sens. En effet,
une troupe de soldats à cheval s'approchait de son côté, suivant comme lui les
bords de la Tweed. Se jeter à droite,
dans le camp, était perdre la chance de
salut qu'il s'était ménagée ; il préféra
donc se glisser dans les hautes herbes
qui poussaient sur le rivage, et, s'atta-
chant aux racines des arbres, il se
trouva caché dans l'intervalle creusé en-

tre la rive et l'eau qui bouillonnait au-
dessous de lui; là, le bruit du torrent
couvrit un instant le bruit des hommes ;
et d'abord il crut s'être trompé; mais
bientôt le hennissement d'un cheval lui
prouva le contraire. Quelques secondes
après, il commença d'entendre le son des
voix, et presque aussitôt il put saisir
quelques mots de la conversation. Guillaume s'assura d'abord que son épée
pouvait facilement sortir du fourreau;
ensuite il jeta les yeux sur l'eau, et vit
qu'il n'avait qu'à lâcher les branches
auxquelles il se cramponnait pour tomber dans le fleuve. Certain qu'il pouvait
combattre et fuir selon l'urgence, il

prêta de nouveau son attention tout entière au bruit qui s'approchait de plus en plus.

— Et vous croyez, capitaine, disait l'un des arrivants, qu'au ton de supériorité de sa voix on pouvait reconnaître pour le chef de la troupe, que, grâce à cette infernale nuit, pendant laquelle les ouvriers ne peuvent pas travailler, nos machines de guerre ne seront prêtes que demain après nones ?

— C'est au moins, Monseigneur, ce que le chef des travaux m'a affirmé, répondit, avec le ton du respect, la personne interrogée.

— Cela va encore retarder l'assaut, dit

avec le ton de l'impatience le premier interlocuteur. Grégor!...

— Monseigneur, répondit une voix nouvelle.

— Tu prendras demain matin ma bannière, tu te feras précéder d'un trompette, tu cloueras mon gant contre une des portes du château, et tu défieras Guillaume de Montaigu de sortir pour briser en l'honneur de Dieu et de sa dame une lance contre Guillaume de Douglas.

— Je ferai à votre volonté, Monseigneur, répondit l'écuyer.

En ce moment, la ronde de nuit commandée par Douglas était arrivée à l'en-

droit même où Guillaume se tenait caché, de sorte que Douglas, en étendant
son épée, aurait pu toucher celui qu'il se
préparait à provoquer le lendemain, et
qu'il était bien loin de croire si près de
lui. Cette fois encore, l'animal montra
la supériorité de ses sens sur ceux de
l'homme; car, en passant devant Guillaume, le cheval de Douglas s'arrêta,
tendit le cou, et dirigea ses naseaux vers
le jeune et aventureux bachelier, qui put
sentir sur son visage la fumée tiède et
humide qui en sortait.

— Qu'y a-t-il, Fingal? dit Douglas,
s'assurant sur ses arçons.

— Qui vive? cria Grégor, frappant les broussailles de son épée.

— Quelque loutre qui guette le poisson, quelque renard qui cherche fortune aux dépens de notre cuisine, dit le capitaine en riant.

— Voulez-vous que je mette pied à terre, Monseigneur? dit Grégor.

—Non, répondit Douglas; ce n'est pas la peine, et Rasling a raison. Allons, Fingal, continua-t-il en donnant de l'éperon; allons, nous n'avons pas de temps à perdre. Et tu ajouteras, continua-t-il en se tournant vers Grégor, que je lui offre tous les avantages du terrain et du soleil.

— Quant à ce dernier article, Monseigneur, dit le capitaine, je crois que vous pouvez vous engager sans conséquence.

— Enfin, pourvu qu'il accepte, reprit négligemment Douglas, dont la voix commençait à se perdre dans l'éloigne- ment, tu le laisseras maître de toutes les conditions.

Guillaume n'en entendit pas davan- tage, soit que la conversation eût cessé, soit que la distance fût trop grande; il renfonça dans le fourreau son épée, qu'il avait tirée à demi, s'élança sur le bord de la rivière, et continua sa route sans rencontrer d'autre obstacle que le fossé d'enceinte fait à la hâte par les soldats. Fort et léger comme un montagnard, il

le franchit d'un saut, et se trouva hors
du camp.

Guillaume marchait depuis deux heures environ, lorsque les premiers rayons
du jour éclairèrent le sommet des montagnes, au pied desquelles il suivait un
étroit sentier. Peu à peu la lumière sembla se refléter sur le plan incliné des collines ; en même temps, un épais brouil-
lard, que la nuit avait amoncelé au fond
de la vallée, commença de se mettre en
mouvement, pareil aux vagues d'une
mer qui monte ; pendant quelques instants, la vapeur demeura ainsi, flottante
entre Guillaume et l'horizon qu'elle lui
dérobait, comme si elle eût eu peine à

quitter la terre ; enfin elle s'éleva pareille
à un rideau de théâtre ; laissant apparaître au travers de sa gaze humide un
paysage éclairé de cette demi-teinte cré-
pusculaire qui n'est déjà plus la nuit et
qui cependant n'est pas encore le jour.
Alors, au milieu de cette limpide et poé-
tique atmosphère, un chant écossais
commença de se faire entendre. Guillaume reconnut tout d'abord les modu-
lations aiguës d'un pibrocq montagnard,
et, s'arrêtant aussitôt, il prêta l'oreille.
En ce moment, à cinq cents pas de lui
environ, au sommet d'un petit monti-
cule, formé par les accidents du chemin, il vit paraître deux soldats écossais,

qui conduisaient au camp un attelage de
bœufs, qu'ils venaient de voler, sans
doute, dans une ferme voisine : l'un des
deux soldats était monté sur un de ces
petits chevaux que l'on désignait sous le
nom de haquenée, et piquait les bœufs
de la pointe de sa lance pour les faire
avancer.

Guillaume, en les apercevant, banda
l'arc qu'il portait détendu à la main gauche, tira une flèche de sa trousse, et, se
plaçant au milieu de la route, il attendit
qu'ils fussent à portée du trait et de la
voix; les Écossais, de leur côté, firent
leurs préparatifs de défense. Ces préparatifs étaient d'autant plus urgents des

deux côtés, que la nature du terrain n'offrait d'autre passage que le sentier sur lequel se trouvaient les voyageurs, resserrés qu'ils étaient d'un côté par le talus rapide de la montagne, et de l'autre par la rivière.

Cependant les Écossais, voyant Guillaume immobile, continuèrent d'avancer; celui-ci les laissa faire; puis, lorsqu'il les vit à la distance de cent cinquante pas environ, il étendit la main vers eux.

— Holà! messieurs des jambes rouges, leur cria-t-il dans l'idiome gallique, que, grâce à son voisinage des frontières, il parlait comme un montagnard, pas un pas de plus avant que nous nous soyons expliqués.

— Que voulez-vous ? répondirent les Écossais, qui, entendant parler leur langue, ne savaient plus s'ils devaient considérer Guillaume comme un ami ou comme un ennemi.

— Je veux d'abord que tu me donnes le cheval sur lequel tu es monté, ami bouvier, reprit Guillaume, s'adressant à celui qui piquait les bœufs, attendu que j'ai encore une longue course à faire, tandis que tu n'as plus, toi, que deux lieues pour rejoindre le camp.

— Et si je n'étais pas disposé à te

le donner, que ferais-tu? répondit l'É-
cossais.

— Sur mon âme, dit Guillaume, je te
le prendrais de force.

L'Écossais se mit à rire, et poussa,
sans répondre, les bœufs avec la pointe
de sa lance. Guillaume, de son côté,
pensant qu'il était inutile de continuer
la conversation, ajusta la flèche sur son
arc; l'Ecossais vit le mouvement hostile
du jeune bachelier, et, prévoyant ses
conséquences, il se jeta promptement à
bas de son cheval, saisit le bœuf par la
queue, et, se faisant, ainsi que l'avait
déjà pratiqué son camarade, un rempart

du corps de l'animal, il continua d'a-
vancer.

— Ah! ah! dit Guillaume, souriant de
la tactique, il paraît que mon cheval me
coûtera deux flèches de plus que je ne
comptais le payer; n'importe, je l'achè-
terais plus cher encore dans le besoin
que j'en ai.

A ces mots, il souleva lentement le
bras gauche; puis, avec les deux doigts
de la main droite, il retira la corde à lui
comme s'il eût voulu faire toucher les
deux bouts de l'arc; un instant il parut
immobile comme un archer de pierre;
tout-à-coup la flèche partit en sifflant, et
alla s'enfoncer de plus de la moitié de sa

longueur au défaut de l'épaule de l'un des bœufs qui servaient de boucliers vivants aux deux Écossais.

L'animal, blessé à mort, s'arrêta d'abord tremblant sur ses quatre pieds; puis aussiôtt, poussant un mugissement terrible, il s'élança en avant avec une vitesse à laquelle celle du cheval le plus rapide ne pourrait être comparée; mais au bout de trente pas à peu près, ses jambes de devant faiblirent, et il tomba sur ses genoux, continuant cependant d'avancer à l'aide de ses pieds de derrière, labourant la terre avec sa corne, et achevant lui-même de s'enfoncer la flèche dans la poitrine jusqu'à l'empen-

nure : mais c'était le dernier effort de
son agonie ; ses jambes de derrière pliè-
rent à leur tour, il tomba, essaya de se
relever, retomba une seconde fois encore, tendit le cou, et, poussant un mugissement plaintif, il expira aussitôt.

Si court qu'avait été ce moment, Guillaume avait déjà tiré de sa trousse et
ajusté sur son arc une seconde flèche. La
précaution n'était pas inutile ; car l'Écossais, se voyant découvert, s'était élancé
sur son cheval et piquait droit au jeune
bachelier ; celui-ci leva l'arc mortel une
seconde fois ; mais son adversaire se
coucha tellement sur le cou de sa monture, qu'il eût été impossible au plus ha-

bile archer de toucher l'homme sans risquer de tuer l'animal. Guillaume était
près de laisser tomber son arc et de saisir son épée, lorsqu'en arrivant au corps
du bœuf mort, le cheval effrayé fit un
écart et présenta le flanc de son cavalier :
ce ne fut qu'un instant; mais cet instant
suffit à l'œil rapide et sûr du jeune homme, le trait partit, et l'Écossais tomba la
poitrine traversée par la flèche de son
adversaire. Le cheval, effrayé, continua
sa route en ruant et hennissant; mais
lorsqu'il ne fut plus qu'à dix pas de Guillaume, celui-ci fit entendre le sifflement
particulier avec lequel le cavalier écossais a l'habitude d'appeler son cheval à

demi-sauvage et errant dans la montagne; l'animal, à ce langage connu, s'arrêta et dressa les oreilles. Guillaume fit
entendre le même bruit une seconde fois
en s'approchant de lui; alors, loin de
tenter de fuir davantage, il s'arrêta et
présenta de lui-même le dos à son nouveau maître, qui s'y élança rapidement
et le dirigea sur le second Écossais, qui,
blessé à son tour, tomba à genoux et
demanda merci.

— Volontiers, dit Guillaume, car si
j'avais besoin d'un cheval, j'avais aussi
besoin d'un messager. Jure-moi donc
que tu accompliras fidèlement la com-

mission que je vais te donner, et je t'accorde la vie sauve.

Le soldat fit le serment exigé.

— C'est bien, dit Guillaume : tu iras d'abord trouver David d'Écosse, et tu lui diras que Guillaume de Montaigu, châtelain de Wark. a traversé son camp cette nuit, que tu l'as rencontré allant quérir le roi Édouard, qui est à Berwick, et que c'est lui qui a tué ton camarade e qui t'a blessé ; puis, tu te rendras près de Douglas, tu lui diras que Guillaume a entendu son défi, l'a accepté, et, présumant qu'il n'attendra pas son retour, se charge d'aller lui-même lui indiquer les armes, le lieu et les conditions du combat. Enfin tu tueras ici le bœuf qui te reste, afin que ni toi ni personne de l'armée ne profite de sa chair. Maintenant, relève-toi et fais comme je t'ai dit ; tu es libre.

A ces mots, Guillaume de Montaigu mit son cheval au galop, et chemina si durement que, cinq heures après, il aperçut la ville de Berwick. Il y trouva Édouard qui avait déjà rassemblé une armée considérable.

A peine le roi eut-il su le danger où se trouvait la comtesse, qu'il donna l'ordre d'appareiller. Le soir même toute l'armée se mit en marche ; elle se composait de six mille armures de fer, de dix mille archers, et de soixante mille hommes de pied. Mais, à moitié chemin à peu près, le roi ne put supporter la lenteur avec laquelle on avançait, à cause de toute cette pédaille. En conséquence, il choisit mille armures parmi ses plus braves chevaliers, ordonna au même nombre d'archers de s'attacher à la crinière des chevaux, et, se plaçant avec Guillaume de Montaigu à la tête de cette petite troupe, il lui donna l'exemple en mettant son cheval au grand trot. Un peu avant le jour, Guillaume reconnut, aux cadavres des deux bœufs, la place où il avait livré la veille le combat aux Écossais. Une heure après, et comme les premiers

rayons du soleil commençaient à paraître, ils arrivèrent sur une éminence d'où
l'on apercevait le château et ses alen-
tours ; mais, comme Guillaume l'avait
prévu, les Écossais n'avaient point attendu Édouard, et, pendant la nuit, David
Bruce avait levé le siège; les logis étaient
déserts.

A peine étaient-ils là depuis cinq minutes, qu'aux mouvements qui s'opérè-
rent sur les remparts, Guillaume de
Montaigu vit qu'ils étaient reconnus : en
conséquence, Édouard et lui mirent
leurs chevaux au galop, et, accompagnés
de vingt-cinq chevaliers seulement, ils
traversèrent tout le camp ennemi. De

grands cris de joie saluèrent bientôt leur approche. Enfin, au moment où ils mettaient pied à terre, la porte s'ouvrit, et la comtesse de Salisbury, merveilleusement parée et plus belle que jamais, vint au devant du roi, et mit un genou en terre pour le regracier du secours qu'il lui apportait; mais Édouard la releva aussitôt, et sans pouvoir lui parler, tant il avait le cœur plein de choses qu'il n'osait lui dire, il s'achemina doucement près d'elle, et tous deux rentrèrent au château se tenant par la main.

La comtesse de Salisbury conduisit elle-même le roi dans le riche appartement qu'elle lui avait fait préparer; mais,

ш. 10

malgré tous ces soins et toutes ces atten-
tions, Édouard continua de garder le
même silence ; seulement il la regardait
si continuellement et si ardemment,
qu'Alix, honteuse, sentit le rouge lui
monter au visage, et retira doucement
sa main de la main du roi. Édouard poussa un soupir, et alla s'appuyer tout pensif
dans l'embrasure d'une fenêtre. La comtesse, profitant aussitôt de sa liberté pour
aller saluer les autres chevaliers, et donner quelques ordres relatifs au déjeuner,
sortit de la chambre, et laissa le roi seul.

Elle rencontra Guillaume, qui se faisait donner des détails sur le départ de
l'armée. L'Écossais blessé avait sans doute

fidèlement rempli son message; car, vers

les dix heures du matin, ceux du château

avaient vu s'opérer un grand mouvement

dans le camp ; ils avaient aussitôt couru

aux remparts, croyant que l'ennemi al-

lait tenter un nouvel assaut; mais bientôt

ils avaient reconnu que ses préparatifs

avaient un tout autre but; alors ils avaient

compris que les Écossais avaient eu nou-

velle du secours qu'ils attendaient, et ils

en avaient repris un nouveau courage.

Effectivement, vers l'heure de vêpres,

l'armée s'était mise en route, et, passant

hors de la portée du trait, elle avait défilé

devant le château, pour aller chercher

un gué qui se trouvait au-dessus. Les assiégés avaient fait grand bruit avec leurs trompettes et leurs cymbales; mais David Bruce n'avait pas fait semblant d'entendre cet appel de guerre, et, vers le soir, l'armée écossaise s'était trouvée hors de vue.

La comtesse s'approcha de Guillaume, et joignit ses félicitations à celles des chevaliers; car, tout imprudent et aventureux qu'il était, le jeune bachelier avait mené son entreprise à bout avec autant de courage que de bonheur. Elle l'invita à venir se délasser à table; mais Guillaume refusa l'invitation de sa belle tante, alléguant la fatigue de la double route qu'il avait faite. Le prétexte était assez plausible pour qu'on y crût ou qu'on parût y croire. Alix n'insista donc pas davantage, et se rendit avec les convives dans la salle où le déjeuner était préparé.

Le roi n'y était point encore descendu : Alix fit en conséquence corner l'eau , pour l'avertir qu'on n'attendait plus que son plaisir ; mais l'avertissement fut inutile. Edouard ne parut pas, et la comtesse prit le parti d'aller le chercher.

Elle le retrouva au même endroit où elle l'avait laissé , toujours immobile , pensif et les yeux fixés sur la campagne, qu'il ne voyait pas ; alors elle s'approcha de lui. Edouard l'entendant venir, poussa un soupir en étendant la main de son côté; la comtesse mit un genou en terre, et prit la main royale pour la baiser; mais Edouard la retira aussitôt, et, se retournant vers Alix, il la couvrit tout entière de son regard. Alix se sentit rougir de nouveau; mais, plus embarrassée encore de ce silence que d'une conversation, elle se décida à le rompre.

—Cher Sire, dit-elle en souriant, qu'avez-vous donc à penser si fort? sauve votre Grâce, ce n'est point à vous qu'une telle préoccupation doit appartenir, mais bien à vos ennemis, qui n'ont point osé vous attendre. Allons, Monseigneur, faites trève à vos pensées de guerre, et venez que nous vous fassions fête et joie.

— Belle Alix, dit le roi, ne me pressez pas de prendre place à table; car, sur mon âme, vous aurez un triste convive. Oui, je suis venu avec des pensées de guerre; mais la vue de ce château m'en a fait naître d'autres bien opposées, et celles-là sont si profondes que je ne sais rien qui puisse me les ôter du cœur.

—Venez, Monseigneur, venez, dit Alix; les remerciements de ceux que votre arrivée a sauvés feront diversion à des pensées qui ne sont nées, vous l'avouerez vous-même, que depuis quelques instants. Dieu, vous le voyez, vous a fait le plus redouté des princes chrétiens. A votre approche, vos ennemis ont fui, et leur entrée dans votre royaume, loin de leur faire gloire, a tourné à leur confusion par la manière dont ils en sont sortis. Allons, Monseigneur, chassez tous ces graves soucis, et venez dans la salle où vos chevaliers vous attendent.

—Je me suis trompé, Madame, continua le roi toujours immobile et dévorant Alix du regard; oui, je me suis étrangement trompé en vous disant que la vue de ce château avait fait naître dans mon cœur les pensées qui me préoccupaient : j'aurais dû dire qu'elle les avait réveillées ; car elles n'étaient qu'endormies, quoique je les crusse éteintes. Ce sont les mêmes qui m'absorbaient déjà, il y a

quatre ans, lorsque Robert d'Artois entra dans la salle à manger du palais de
Westminster, portant ce héron fatal sur
lequel nous avons tous fait un vœu. Oh!
lorsque je prononçai celui de porter la
guerre en France, j'étais loin de deviner
celui que vous alliez faire, vous! vous
avez tenu plus fidèlement le vôtre que je
n'ai rempli le mien; car ce n'est point
une guerre sérieuse que nous avons faite,
tandis que vous, Madame, c'est un lien
éternel et indissoluble que vous avez
contracté!...

— Permettez-moi de vous rappeler,
Sire, que ce mariage s'est fait par votre
agrément et volonté; et la preuve, c'est

que vous avez ajouté à cette occasion le don de la comté de Salisbury au titre de comte que portait déjà mon mari.

— Oui, oui, dit Édouard en souriant, j'ai eu cette folie ; je ne savais pas alors tout ce qu'il m'enlevait, et j'agissais avec lui comme avec un ami et un sujet fidèle, au lieu de le punir comme un traître....

— Vous n'oubliez pas, interrompit doucement Alix, que ce traître est à cette heure prisonnier au Châtelet à Paris, et cela pour votre service, Monseigneur. Pardon si je me permets de vous le rappeler, Sire ; mais vous paraissez l'avoir oublié : je croyais cependant que l'absence du comte aurait laissé une place vide dans vos conseils et dans votre armée.

— Que venez-vous me parler de mes conseils et de mes armées, Alix? que me fait mon royaume? que me fait la guerre? Je suis bien malheureux, si, malgré tout ce que je vous ai dit, vous croyez encore que ma préoccupation vient de ces choses. Non, Alix; tout cela pouvait être de quelque importance pour moi hier encore; car hier je ne vous avais pas revue, mais aujourd'hui.... Alix fit un pas en arrière, le roi étendit la main vers elle, mais sans oser la toucher. Cependant ce geste l'arrêta. — Aujourd'hui, continua Édouard, à quoi voulez-vous que je pense, si ce n'est à vous, que je revois plus belle que je ne vous ai quittée?... à vous que j'ai aimée tristement et solitairement pendant quatre longues années, pendant lesquelles j'ai tout fait pour vous oublier? Mais non, dans mon palais, sous ma tente, au milieu de la mêlée, mon esprit était à l'Angleterre, mon cœur à vous. Oh! Alix, Alix! lorsqu'on aime d'un amour pareil, il convient que l'on soit aimé, où il faut en mourir.

— Oh! Monseigneur! s'écria Alix en pâlissant, Monseigneur, vous êtes mon roi, vous êtes mon hôte : est-ce bien à vous d'abuser ainsi de votre double pouvoir et de votre double titre? Me séduire, vous ne l'espérez pas, Monseigneur; et comment voulez-vous donc que je vous aime? Oh! vous, un si grand prince! vous, un si noble chevalier! Non, il ne vous est pas venu cette idée, n'est-ce pas, de déshonorer l'homme que vous appelez votre ami, et surtout lorsque cet homme vous aservi si vaillamment, qu'il est, pour votre querelle avec le roi de France, prisonnier à cette heure à Paris? Oh! certes, Monseigneur, vous seriez amèrement blâmé d'une telle action, si vous aviez le malheur de la commettre; et si jamais, à moi, il me venait au cœur la pensée d'aimer un autre homme que le comte, ah! Sire! ce serait à vous non-seulement de m'en reprendre, mais encore de faire justice de ma personne pour donner aux autres femmes l'exemple d'être loyales à des maris qui sont si loyaux à leur roi !

A ces mots, Alix fit un mouvement pour sortir, mais le roi s'élança vers elle et la retint par le bras ; au même moment la tapisserie de la portière se souleva, et Guillaume de Montaigu parut à la porte :

— Monseigneur, dit-il à Édouard, comme là où est le roi il n'y a plus ni gouverneur ni châtelain, attendu que toute ville et toute forteresse sont au roi, veuillez avoir la bonté de donner le mot de garde ; car à cette heure, et tant que

vous nous ferez la grâce de rester ici,
c'est vous qui répondrez au comte de Salisbury de la vie et de l'honneur de tous
ceux qui habitent le château.

Un éclair de colère, qui ne fit que
briller et s'éteindre, passa dans les yeux
du roi; son front devint sévère, et sa vue
se porta sur la tapisserie qui s'était sou-
levée si à propos, comme s'il eût voulu
lui demander depuis quel temps Guillaume était caché derrière elle. Mais
bientôt tous les signes de mécontentement se dissipèrent les uns après les autres, et firent place à une parfaite tranquillité.

— Vous avez raison, Messire, répondit-il au jeune bachelier d'une voix dans laquelle il était impossible de remarquer la moindre altération : le mot de garde pour ce jour et cette nuit sera *loyauté*, et j'espère que personne ne l'oubliera. Allez le transmettre aux chefs de poste, et venez nous rejoindre à table : j'ai des instructions particulières à vous donner; n'y manquez pas, car demain je pars.

En achevant ces paroles, et tandis que Guillaume s'inclinait en signe de respect et d'obéissance, Édouard offrit respectueusement la main à la comtesse tremblante et muette.

— Madame, lui dit-il en descendant les premières marches de l'escalier qui conduit à la salle du repas, sur mon ame, je

suis un homme malheureux : j'ai le poids

d'un royaume à porter, j'ai deux guerres

mortelles à soutenir, j'ai un intérieur

royal dont les douleurs passées étendent

leur deuil sur le présent. J'espérais en

votre amour pour éclairer l'ombre de

mes journées, et voilà que j'ai perdu cet

espoir qui était le soleil de ma vie. Je

vous quitte demain ; quand vous rever-

rai-je ?

— Cher Sire, répondit la comtesse,

l'absence de mon mari me force à vivre

dans la retraite ; l'absence est une demi-

mort et un demi-deuil. Je ne verrai plus

personne avant le retour du comte.

— Mais, s'écria Édouard, j'ai des fêtes à donner à Windsor à propos de la fondation de la chapelle Saint-Georges. Qui sera reine du tournoi, si vous ne venez pas ?

— Sire, répondit la comtesse, ce me sera grand honneur et grand plaisir d'y aller, si mon mari m'y conduit.

— Et sans lui, Madame ?

— Je n'irai pas.

Édouard et la comtesse entrèrent silencieusement dans la salle, et chacun s'assit à la place qu'il devait occuper. Mais le dîner fut triste, car, le roi demeurant muet, nul n'osa rompre le silence : quant à Alix, elle n'osait lever les yeux,

tant elle sentait instinctivement les regards du roi fixés sur elle; aucun des
convives ne pouvait se rendre compte
de cette contrainte, et quelques-uns
croyaient que cette présomption d'É-
douard lui venait de ce que les Écossais
lui étaient échappés; mais autre chose le
touchait; c'était cet amour qui lui était
si fortement entré au cœur, que depuis il
n'en put sortir.

Vers la fin du dîner, Guillaume de
Montaigu rentra, s'approcha d'Édouard,
et voyant que celui-ci, toujours pensif, ne
faisait nulle attention à sa présence : Sire,
lui dit-il, le mot de garde est donné aux

postes extérieurs et intérieurs, et me voici
à vos ordres.

— C'est bien, mon jeune bachelier, dit
Édouard en relevant lentement la tête,
vous êtes si adroit messager, que je vais
vous charger d'un nouveau message. —
Tenez-vous prêt à rejoindre l'armée écossaise et à remettre une lettre à David
Bruce, son roi ; prenez dans mes écuries
mes meilleurs chevaux, et telle suite qui
vous conviendra pour assurer votre sûreté.

— Sire, répondit Guillaume, j'ai mon
cheval de bataille, qui va vite ou lentement, selon que ma voix le presse ou le
retient ; j'ai mon épée et mon poignard

qui m'ont toujours suffi pour l'attaque et la défense ; je n'ai pas besoin d'autre chose.

— C'est bien ; allez donc vous préparer. Guillaume sortit. — Madame la comtesse permettra-t-elle, continua Édouard, que j'écrive cette lettre en sa présence ?

La comtesse fit signe à un page, qui posa devant Édouard un parchemin, de l'encre, une plume, de la cire, et un fil de soie rouge pour suspendre le cachet.

Lorsque Édouard eut écrit, il se leva, et, faisant le tour de la table, il alla présenter la missive à la comtesse. Celle-ci la lut avec une émotion croissante ; puis, aux dernières lignes, elle tomba aux

pieds d'Édouard; car cette lettre offrait
à David Bruce l'échange du comte de
Murray contre le comte de Salisbury; et
quoique ce dernier fût prisonnier du roi
de France, et non du roi d'Écosse, il était
probable que celui-ci, grâce à ses relations avec Philippe de Valois, obtien-
drait facilement de lui la liberté du comte
de Salisbury.

Édouard s'enivra un moment avec tristesse de la reconnaissance d'Alix; car il
jugea, pendant ce moment, que c'était le
seul sentiment qu'il dût jamais attendre
d'elle; puis il la releva en soupirant et
en détournant la tête, et ses yeux tombèrent sur Guillaume de Montaigu déjà

prêt et appareillé pour partir. Alors il dégagea doucement ses mains de celles d'Alix, retourna lentement à sa place, plia la lettre, la lia du fil de soie, et, tirant une bague de son doigt, il l'appuya, en guise de sceau, sur la cire, qui en reçut et en garda l'empreinte.

— Maître Guillaume, dit Édouard, voici la lettre : chevauchez tant que vous rejoindrez David d'Écosse, fût-ce à l'autre frontière de son royaume ; vous remettrez ces dépêches entre ses mains royales, et vous m'en rapporterez la réponse à Londres, où je vais aller vous attendre. Puis, nous procéderons, en récompense de vos loyaux services, à la cérémonie

de votre chevalerie, afin que vous puissiez briser une lance au tournoi dont le
comte de Salisbury sera, je l'espère, un
des tenants, et la comtesse la reine. A
ces mots, Édouard salua froidement la
comtesse; et, sans attendre les remerciements d'Alix et de Guillaume, il se retira
dans son appartement.

Guillaume partit à l'instant même, et,
marchant de toute la force de son cheval,
il parvint à rejoindre, au bout de six
jours, l'armée écossaise à Stirling. Aussitôt il se fit reconnaître et conduire devant le roi. Guillaume de Douglas était
près de lui. Le jeune bachelier mit un
genou en terre, et présenta ses dépêches

à David. Celui-ci les lut avec une satisfac-
tion marquée et passa dans une chambre
voisine pour y répondre. Guillaume de
Montaigu et Guillaume de Douglas se
trouvèrent alors seuls. Les deux jeunes
gens, qui commençaient leur carrière ri-
vale de gloire et de chevalerie, jetèrent
aussitôt les yeux l'un sur l'autre, et se
regardèrent quelque temps avec hauteur,
sans proférer une parole. Guillaume de
Douglas rompit le premier le silence.

— Vous avez su, je ne sais comment,
messire, dit-il à son jeune ennemi, que
mon intention était de vous défier devant
le château de Wark, et de rompre une
lance avec vous, ne pouvant mieux faire

aux yeux de la belle comtesse Alix et du noble roi David.

— Oui, messire, répondit en souriant Guillaume, mais je sais aussi que vous êtes parti en telle diligence que je ne vous ai plus trouvé à mon retour, et que ce n'est qu'aujourd'hui que j'ai pu vous rejoindre. La partie m'était trop agréable pour que je ne m'empressasse point de venir vous dire moi-même que je l'acceptais.

— Vous savez, reprit dédaigneusement Guillaume de Douglas, que je vous ai laissé le choix du temps et du lieu ; c'est donc à vous de choisir.

— Malheureusement, messire, la mission dont je suis chargé me force d'a-

journer la chose ; mais, si vous voulez

bien, ce sera aux fêtes que le roi prépare

au château de Windsor. Le lieu et les

conditions du combat seront celui et celles

de tous.

— Vous oubliez, messire, que nous

sommes en guerre avec l'Angleterre.

— J'apporte des lettres qui proposent

une trève. En tout cas, comme d'ici à ce

temps je dois être armé chevalier de la

main du roi Édouard, je lui requerrai un

don qu'il ne me refusera certes pas : ce

serait un sauf-conduit pour vous, mes-

sire.

— Alors, c'est chose dite, répondit

Douglas, et je compte sur votre mé-
moire.

En ce moment deux pages entrèrent ;
ils venaient chercher Guillaume de Montaigu pour le conduire au logis qui lui
était préparé et devaient rester à son service tout le temps qu'il demeurerait à
Stirling. Il les suivit aussitôt ; mais, au
moment où il allait franchir le seuil de la
porte, il se retourna vers son futur adversaire.

— Ainsi donc, à Windsor ? dit Guillaume de Montaigu.

— A Windsor, répondit Guillaume de
Douglas.

Les deux jeunes gens se saluèrent avec

une fierté courtoise, et Guillaume sortit.

Le même soir il reçut la réponse de David Bruce, qui promettait au roi Édouard de s'entremettre pour la liberté du comte de Salisbury ; et, malgré les instances qui lui furent faites par son hôte royal, le lendemain au point du jour, il se remit en route pour Londres. Cependant, comme le château de Wark était sur son chemin, il s'y arrêta un jour en passant ; mais il ne put voir la comtesse. Quant à Édouard, il était parti, comme il l'avait dit, le lendemain de la scène que nous avons racontée.

En arrivant à Londres, Édouard avait
trouvé un message de la comtesse de
Montfort, qui venait réclamer la promesse qu'il avait faite à son mari en re-
cevant son hommage. Pour resserrer

davantage encore ce traité, la comtesse demandait pour son fils une des filles du roi d'Angleterre, qui devait porter le titre de duchesse de Bretagne. Rien ne pouvait en ce moment faire plus grand plaisir à Édouard qu'une pareille proposition. La Bretagne était un des plus nobles duchés de la terre, et une fois à lui, il retrouvait de ce côté, ouverte sur la France, la porte qui lui était fermée en Normandie. De cette manière aussi, Édouard demeurait fidèle à son vœu. La guerre, dénouée d'un côté, se renouait de l'autre, et le léopard anglais ne cessait de mordre son ennemi à la tête que pour s'acharner à ses flancs.

En conséquence, Édouard appela près
de lui Gauthier de Mauny, son fidèle
compagnon, lui ordonna de prendre
bonne et sûre compagnie de chevaliers,
d'hommes d'armes et d'archers, et d'aller au secours de la comtesse. Gauthier
leva sa bannière, et aussitôt vinrent se
ranger autour d'elle un grand nombre
de seigneurs en renom, qui ne demandaient que guerre, et ne cherchaient
qu'appertises d'armes. Ils s'embarquè-
rent donc sans retard, emmenant avec
eux six mille archers; mais, em-
pêchés par le vent contraire, ils restèrent en mer soixante jours, pendant
lesquels avaient fort empiré les affaires

de la comtesse de Montfort en Bretagne.

Charles de Blois, après avoir pris Nantes et envoyé à Paris son ennemi Jean de Monfort, croyait avoir partie gagnée. Mais il s'aperçut bientôt, au contraire, que le plus rude de la besogne lui restait à faire. La comtesse était à Rennes. C'était, comme nous l'avons dit, un cœur de héros dans un corps de femme : si bien qu'au lieu de pleurer son mari, qu'elle croyait mort, elle résolut de le venger. En conséquence, elle fit sonner la cloche, assembla sur la place peuple et soldats, et parut au balcon du château, tenant son fils dans ses bras. L'un et l'autre furent accueillis par de grands cris : car la comtesse et son mari

avaient répandu de si grandes largesses,

qu'ils étaient fort aimés. Cette démons-

tration doubla son courage ; alors, éle-

vant son enfant entre ses bras, elle le

montra à tous, disant : — Seigneurs!

seigneurs! ne vous découragez pas,

voici mon fils qui s'appelle Jean comme

son père et qui aura le cœur de son père :

nous avons perdu le comte ; mais en le

perdant, nous n'avons perdu qu'un seul

homme. Ayez donc courage en Dieu et

foi dans l'avenir. Nous avons, grâce au

ciel, argent et courage, et à la place du

chef que vous avez perdu, je vous en

donnerai un tel que vous n'ayez rien à

regretter. — En ceci, elle faisait allusion
au secours qu'elle attendait d'Angleterre, et qu'elle espérait lui devoir être
amené par Édouard lui-même.

De semblables paroles jointes à de
grandes largesses rendirent le courage
aux habitants de Rennes ; alors la comtesse voyant qu'ils étaient résolus à se
bien défendre, leur laissa pour gouverneur Guillaume de Cadoudal, et s'en alla
ainsi, son fils dans les bras, de ville en
ville et de garnison en garnison. Enfin,
après avoir réconforté tous les cœurs et
s'être fait prêter serment par toutes les
bouches, elle alla s'enfermer dans la ville
de Hennebon-sur-Mer, qui était grosse

et bien fortifiée, et là attendit, en faisant tous ses préparatifs de défense, les nouvelles qui devaient lui arriver d'Angleterre.

Pendant ce temps, les seigneurs français; conduits par monseigneur Charles-de Blois, et ayant messire Louis d'Espagne pour maréchal, après avoir laissé garnison à Nantes, étaient venus mettre le siège devant la cité de Rennes. Mais si elle était bien attaquée, elle fut aussi bien défendue. Cependant les bourgeois se lassèrent d'un métier qui n'était pas le leur, et résolurent de rendre la ville malgré la volonté du gouverneur. Ils entrèrent donc nuitamment dans le château,

se saisirent de Guillaume de Cadoudal,
et le conduisirent en prison ; puis aussitôt ils envoyèrent des députés à monseigneur Charles de Blois, lui proposant
de lui rendre la ville à la seule condition
que les partisans de la comtesse de Monfort se pourraient retirer vie et bagues
sauves. Le marché était trop avantageux
pour que Charles de Blois le refusât. Les
messagers rentrèrent donc en leur cité,
et comme les bourgeois étaient en grande
majorité et maîtres de tout, ils procla-
mèrent la capitulation faite, offrant de la
part de monseigneur Charles de Blois à
Guillaume de Cadoudal telle récompense qu'il lui plairait pour passer au

parti français. Mais le noble Breton refusa tout, ne redemandant aux bourgeois
qui avaient trahi leurs serments que ses
armes et son cheval. Puis, quand ils lui
eurent été rendus, il traversa la ville avec
les quelques braves qui lui étaient restés
fidèles, et se mit en route pour aller annoncer à la comtesse, enfermée, comme
nous l'avons dit, dans la ville de Hennebon, que ses ennemis étaient maîtres de
Rennes.

De leur côté, les Français, qui tenaient
déjà le comte en leur puissance, pensè-
rent que, s'ils pouvaient conquérir encore
la comtesse et son fils, la guerre serait
bientôt finie, et marchèrent directement

sur Hennabont. Aussi, un matin, vers le milieu du mois de mai, entendit-on les sentinelles pousser le cri : Alarme! C'était l'armée française qui apparaissait à l'horizon.

La comtesse avait près d'elle l'évêque de Léon, en Bretagne, son neveu, messire Hervey, qui avait déjà défendu Nantes, messire Yves de Treseguidy, le sire de Landernau, le châtelain de Guingamp, les deux frères de Kirriec, et messire Henry et Olivier de Pennefort. Tous à ce signal de guerre coururent aux remparts, tandis que la comtesse, au son de la grande cloche, parcourait les rues de la ville, armée comme un homme et mon-

tée sur un cheval de bataille. Aussi, lorsque les Français s'approchèrent, virent-
ils la ville non-seulement bien fortifiée
de barrières et de murailles, mais encore
bien garnie de soldats aguerris et de
vaillants capitaines; ils s'arrêtèrent donc
hors de la portée du trait, et dressèrent
leurs logis en gens qui veulent faire un
siège. Pendant ce temps quelques jeunes
compagnons génois, espagnols et français s'approchèrent des barrières pour escarmoucher, au cas où le désir en vien-
drait aux assiégés. Ceux-ci n'étaient pas
gens à reculer : aussi sortirent-ils en
nombre à peu près égal, et la rencontre
commença-t-elle avec une vigueur et un

acharnement qui indiquaient que, si l'attaque devait être vigoureuse, la résistance serait opiniâtre. Après deux ou trois heures de combat, les assiégeants furent obligés de battre en retraite, laissant, et en particulier les Génois, qui s'étaient le plus aventurés, bon nombre de morts sur le champ de bataille.

Le lendemain les seigneurs français tinrent conseil, et décidèrent que le jour suivant ils feraient assaillir les barrières par leurs gens, pour voir quelle contenance feraient les Bretons. En conséquence, vers l'heure de prime, les Français sortirent de leurs logis, et vinrent assaillir les barrières. Ceux de la ville

alors ouvrirent les portes, et vinrent bra-
vement défendre les ouvrages avancés.
L'assaut commença aussitôt, et dura avec
le même acharnement de la veille jusqu'à
l'heure de none, où les Français, repous-
sés une seconde fois, furent obligés de
reculer, laissant une multitude dé morts
et ramenant un grand nombre de blessés.
A cette vue, les seigneurs français, qui
étaient tous sortis du camp et regardaient
ce combat comme un spectacle, entrèrent
dans une grande colère et ordonnèrent à
leurs gens de recommencer l'assaut avec
un renfort de troupes fraîches. De leur
côté, ceux de Hennebon, déjà encouragés par un premier succès, revinrent

au combat avec grand cœur et bonne espérance. Chacun faisait donc de son
mieux, ceux-ci pour attaquer, ceux-là
pour défendre, lorsque la comtesse, qui
était montée sur une tour pour juger
comment ses gens se maintenaient, vit
que tous les seigneurs français avaient,
comme nous l'avons dit, laissé leurs logis
pour s'approcher du champ de bataille ;
alors elle descendit de la tour, s'élança
sur son cheval, réunit trois cents hommes
des plus braves et des mieux montés, et,
sortant avec cette compagnie par une
porte qui n'était point attaquée, fit un
détour et revint par derrière se jeter au
milieu des tentes et des logis des sei-

gneurs de France, qui n'étaient gardés
que par des garçons et des valets, qui
s'enfuirent à cette attaque. Alors chacun
des cavaliers, qui tenait une torche allu-
mée, la jeta sur une tente de toile ou sur
un logis de bois, et tout fut aussitôt en
flammes. Les seigneurs virent alors cette
grande fumée qui s'élevait au milieu de
leur camp, et entendirent les cris de trahis ! trahis ! que poussaient les fuyards.
Ils quittèrent donc à l'instant l'assaut
pour faire face à cette attaque inattendue, et, se précipitant au milieu de leurs
logis, ils virent la comtesse et ses gens
qui fuyaient du côté d'Auray ; car la comtesse avait pensé qu'une fois découverte,

il lui serait impossible de rentrer dans
Hennebon. Il ne fallut qu'un coup-d'œil à
messire Louis d'Espagne pour juger de
la faiblesse de ceux qui venaient de donner à l'armée entière une pareille alarme,
et, montant à cheval avec cinq cents
hommes d'armes à peu près, il prit chasse
sur eux; mais inutilement. La comtesse
et ses gens avaient trop grande avance,
et le maréchal ne parvint à rejoindre que
les plus mal montés, qui, ne pouvant
suivre les autres avec une égale vitesse,
furent tués ou pris. Quant à elle, elle arriva saine et sauve, avec deux cent qua-
tre-vingts hommes à peu près, au château d'Auray, qu'on disait bâti par le roi

Arthus, et dans lequel était bonne garnison.

Cependant, à peine revenus de leur surprise, les seigneurs de France qui se trouvaient sans logis avaient résolu d'en établir d'autres plus près de la ville. En conséquence, ils abattirent presque entièrement une forêt qui se trouvait à leur portée, et commencèrent à bâtir des barraques, tout en criant aux gens de Hennebon d'aller chercher leur comtesse, qui était perdue; en effet, ceux de la ville ne la voyant pas revenir, étaient portés à croire qu'il lui était arrivé malheur, et commençaient à entrer dans une grande inquiétude. La comtesse se dou-

tait bien de son côté qu'ils devaient être
fort tourmentés et affaiblis de son absence : elle renforça donc sa troupe de
tous les gens d'armes qu'elle crut inutiles
à la défense d'Auray, laissa pour capitaine
à sa garnison messires Henry et Olivier
de Pennefort, sur lesquels elle savait
pouvoir grandement compter, et, se re-
mettant à la tête de sa petite troupe, qui
montait alors à cinq cents braves compagnons, elle partit environ vers minuit,
et, à la faveur de l'ombre, côtoyant en
silence l'armée française, elle revint frapper à la porte par le même chemin qu'elle
avait pris pour en sortir : elle était à
peine refermée derrière elle, que le bruit

de son arrivée se répandit dans toute la
ville. Aussitôt les trompettes et les tambours battirent, faisant un tel bruit que
les assiégeants s'en éveillèrent en sur-
saut, croyant que l'on attaquait leur
camp, et se firent armer. Voyant qu'il
n'en était rien, ils résolurent, puisqu'ils
étaient prêts et appareillés, de tenter un
nouvel assaut : ceux de la ville, doublement encouragés, et par leurs succès
passés, et par le retour inespéré de la
comtesse, l'acceptèrent avec leur em-
pressement habituel ; si bien qu'à mesure
que les Français approchaient des remparts, les Bretons descendaient aux barrières. Mais il en fut cette fois de même

qu'il avait déjà été, et après un combat qui avait duré depuis le point du jour jusqu'à une heure après midi, les seigneurs de France furent forcés de se retirer : tant il leur était visible que leurs gens se faisaient tuer inutilement et sans aucun espoir de succès.

Alors ils se décidèrent à procéder autrement; ce n'étaient point les hommes qui leur manquaient, mais les instruments de guerre; ils divisèrent donc l'armée en deux parties : l'une, qui, sous la conduite de monseigneur Charles de Blois, s'en irait assiéger Auray; l'autre, qui, sous le commandement de messire Louis d'Espagne, resterait devant Hennebon. Puis on manda une compagnie qui devait amener à ces derniers douze grands engins que les Français avaient laissés à Rennes. Le même jour il fut fait ainsi qu'il avait été dit : monseigneur Charles de Blois partit pour Auray, et messire Louis d'Espagne resta devant la ville, qu'il devait se contenter de bloquer tant que ne lui seraient pas venues ses machines de guerre.

Ce fut l'affaire de huit jours, et les assiégés, qui ne comprenaient rien à cette inaction, et du haut des murailles raillaient durement la paresse de leurs ennemis, en connurent enfin la cause en voyant s'approcher du camp ces tours

mouvantes et ces engins gigantesques
qui formaient à cette époque l'arsenal
obligé d'un siège. Les Français ne perdi-
rent pas de temps, et, mettant aussitôt
leurs machines en batterie, commencèrent à faire pleuvoir sur la ville une grêle
de pierres, qui non seulement écrasaient
ceux qui passaient par les rues, mais encore dévastaient les maisons, dont elles
enfonçaient les toits et brisaient les fenêtres. Alors ce grand courage que les assiégés avaient montré commença de fai-
blir, et l'évêque de Léon, qui en sa qualité d'homme d'église était bien excusable
d'être moins ardent à la défense que ceux
dont c'était le métier, commença d'insi-

nuer aux bourgeois d'Hennebon qu'il serait plus prudent de traiter avec monseigneur Charles de Blois que de continuer à défendre une cause contre laquelle
était armé un seigneur aussi puissant
que le roi de France. Les propositions
qui s'adressent directement aux intérêts
matériels trouvent toujours un écho : on
commença par murmurer sourdement,
puis on parla à haute voix de capitulation et de traité, si bien que le bruit en
vint à la comtesse, qui, attendant d'un
moment à l'autre les renforts qui devaient lui arriver d'Angleterre, supplia
seigneurs et bourgeois de ne prendre aucune résolution avant trois jours. L'effroi

répandu par l'évêque était tel, que ces
hommes qui avaient juré de se défendre
jusqu'à la mort regardèrent comme bien
long le délai que leur demandait la comtesse ; néanmoins quelques-uns insistè-
rent pour qu'il lui fût accordé ; d'autres,
au contraire, voulurent qu'on se rendît
dès le lendemain. La nuit tout entière se
passa en discussions de part et d'autre,
et, certes, si dans ce moment les Français eussent eu l'idée de donner l'assaut,
ils se fussent facilement emparés de la
ville qui leur avait coûté si cher; mais
ils ignoraient ce qui se passait derrière
les murailles qu'ils continuaient de battre en brèche. Bref, le parti de l'évêque

de Léon l'avait emporté, et la discussion ne portait plus que sur le choix des messagers que l'on devait envoyer à messire Louis d'Espagne, lorsque la comtesse, qui s'était retirée dans sa chambre, ne sachant pas même si on la laisserait libre de quitter la ville avec son fils, aperçut, en regardant par la fenêtre, la mer toute couverte de vaisseaux. A cette vue, elle jeta un cri de joie, et, courant au balcon du château : —Messeigneurs, dit-elle au peuple et aux hommes d'armes qui encombraient la place, — il n'est plus question de capitulation ni de traité; voilà le secours que je vous avais promis, et si vous en doutez encore, montez sur les remparts et regardez la mer.

En effet, la comtesse avait auguré juste. A peine toute cette multitude eut-elle
aperçu des créneaux et des fenêtres cette
flotte composée de plus de quarante vaisseaux, tant grands que petits, tous bien
bastillés, que le courage lui revint, et
que, par une de ces réactions si familières
à la multitude, elle se prit à l'évêque de
Léon de la lâcheté qu'elle venait de faire
paraître. Aussi celui-ci, s'apercevant qu'il
avait commencé là une mauvaise besogne, s'empressa-t-il de gagner avec son
neveu, messire Hervé de Léon, une des
portes de la ville, et, se rendant aussitôt
devers messire Louis d'Espagne, il lui

annonça les secours qui arrivaient si à propos à la comtesse ; quant à celle-ci, dès qu'elle vit les vaisseaux dans le port, elle alla au - devant de ceux qu'ils lui amenaient, et qui, dans cette circonstance, lui arrivaient non plus comme des alliés, mais comme des sauveurs.

Les appartements des seigneurs avaient été préparés au château et ceux des archers dans la ville ; au reste, tous furent reçus avec une joie pareille et une reconnaissance égale. Chacun fit fête de son mieux à ses hôtes, et la comtesse invita les siens à dîner avec elle le lendemain. Messire Gauthier de Mauny, qui était aussi gentil compagnon auprès des

dames qu'il était vaillant chevalier devant l'ennemi, n'eut garde de refuser
une offre si courtoise, et la comtesse, de
son côté, aussi coquette comme femme
qu'elle était aventureuse comme guer-
rière, fit aux seigneurs anglais les honneurs de sa table avec une grâce qui leur
fit regarder comme une bonne fortune
d'avoir traversé la mer pour venir au secours d'une si charmante alliée.

Après le dîner, la comtesse conduisit
ses convives sur une tour du haut de laquelle ils découvraient tout le camp français; les assiégeants continuaient d'écra-
ser la ville sous une pluie de pierres, si
bien que c'était un spectacle à faire pitié :

aussi la comtesse ne put-elle point le voir
sans plaindre grandement les pauvres
gens qui souffraient ainsi à cause d'elle.
Gauthier de Mauny vit quelle douleur la
tenait, et jaloux de se montrer le plus tôt
possible digne de l'hospitalité qu'il avait
reçue :

— Messeigneurs, dit-il en se tournant
vers les chevaliers anglais et bretons,
n'avez-vous pas envie et volonté comme
moi d'aller abattre cette maudite machine qui cause un si grand ennui à notre
belle hôtesse ? S'il en est ainsi, messeigneurs, dites un mot, et la chose sera
faite.

— Par Notre-Dame-de-Guerrande,

vous parlez bien, Monseigneur, répondit messire Ives de Tresseguidy, et, pour mon compte, je ne vous ferai pas faute à cette première entreprise.

— Ni moi certes, s'écria le sire de Landernau; et il ne sera pas dit que vous ayez traversé la mer pour faire notre besogne : mettez-vous donc à l'œuvre, Monseigneur, et de tout notre pouvoir nous vous aiderons.

De leur côté, les chevaliers anglais accueillirent avec joie la proposition faite par leur chef, et se retirèrent pour s'appareiller; mais la comtesse voulut armer Gauthier de Mauny elle-même; ce que le jeune chevalier accepta avec grande reconnaissance ; mais ce fut chose plus tôt faite qu'il ne l'espérait peut-être; car la comtesse était habile à la science des armes aussi bien que le plus noble page et le plus savant écuyer.

Lorsque les chevaliers furent prêts, ils prirent avec eux trois cents archers choisis parmi les plus adroits, et se firent ouvrir la porte de la plus proche des machines : à peine fut-elle ouverte, que les archers se répandirent dans la campagne, tirant, avec leur adresse accoutumée; si bien que les gardiens qui ne prirent pas la fuite tombèrent autour de leurs machines, percés par les longues flèches des assaillants ; derrière eux venaient les chevaliers, qui, avec leurs haches d'armes et leurs épées à deux mains, eurent bientôt mis en pièces le plus grand et le plus redoutable de tous ces engins; quant aux autres, ils les couvrirent de matières combustibles et y mirent le feu; puis, piquant des deux vers les barraques, ils pénétrèrent jusqu'au milieu du camp avant que les Français eussent eu le temps de se mettre en défense, jetant à toute volée à travers les logis des brandons enflammés; de sorte qu'en un instant, de dix points différents à la fois, la flamme et la fumée commencèrent à annoncer à ceux de la ville que l'entreprise était en bon train.

C'était tout ce que voulaient les chevaliers anglais et bretons ; aussi se reti-
raient-ils en bon ordre lorsqu'ils virent
venir à eux une troupe de Français qui,
s'étant armés à la hâte, accouraient à leur
poursuite avec de grandes clameurs et
de bruyants défis. Les chevaliers mirent
alors leurs coursiers au galop; mais Gauthier, au contraire, arrêta le sien, disant
qu'il ne voulait jamais être salué par sa
belle du doux nom d'ami, s'il rentrait
dans là ville sans avoir jeté bas quelques-
uns de ceux qui avaient l'audace de le
poursuivre ainsi; et ce disant, il se retourna l'épée haute, et marcha droit à
eux : à cette vue les deux frères de Ley-

nondal, messire Ives de Treseguidy, messire Galerand de Landernau et quelques-autres en firent autant ; de sorte que là commença le véritable combat ; car ceux de l'armée, venant au secours de leurs camarades, remplaçaient les morts et les blessés par des combattants tout frais; si bien que force fut à Gauthier de Mauny et à ses compagnons de battre en retraite, ce qu'ils firent en bon ordre, laissant derrière eux grand nombre de Français et quelques-uns des leurs tués et blessés. Arrivés aux fossés et aux barrières, ils firent volte-face, pour donner le temps à leurs archers éparpillés de rentrer dans la ville; alors les Français vou-

lurent les poursuivre, mais ceux des archers qui n'avaient point suivi leurs compagnons accoururent sur les murailles,
et de là firent pleuvoir sur les assaillants
une telle grêle de flèches, qu'ils furent
obligés de se retirer à leur tour hors de
la portée du trait, laissant sur le champ
de bataille grande quantité d'hommes et
de chevaux. Alors les Bretons et les Anglais rentrèrent tranquillement dans les
barrières, et au bas de l'escalier du château les chevaliers trouvèrent la comtesse, qui voulut de ses propres mains
leur ôter leurs casques, et les embrassa
les uns après les autres en remerciement
du grand secours qu'ils lui avaient donné.

La même nuit, les assiégeants, voyant le renfort qui était arrivé à leurs ennemis, et songeant qu'il leur serait impossible de prendre la ville, désarmés qu'ils étaient de leurs machines de guerre, décidèrent en conseil qu'il leur fallait lever le siège, et s'en aller rejoindre monseigneur Charles de Blois; ce qu'ils firent dès le lendemain, accompagnés par les cris et les huées des Bretons et des Anglais : arrivés devant le château d'Auray, ils racontèrent ce qui leur était arrivé ; et comment ils avaient cru urgent de lever le siège, monseigneur Charles de Blois les en excusa grandement, et n'ayant pas besoin de ces nouvelles troupes, il en-

voya messire Louis d'Espagne et toute sa
compagnie assiéger la ville de Bignan,
qui tenait pour la comtesse.

Messire Louis se mit en route avec sa
chevauchée; mais vers le midi du premier jour il rencontra sur sa route le
château de Conquest. C'était une bonne
forteresse tenant pour le comte de Montfort, et ayant pour châtelain un chevalier de Lombardie, bon et hardi guer-
royeur, nommé Mansion. Messire Louis
ne voulut point passer si près d'une garnison bretonne sans essayer de prendre
sa revanche; en conséquence, il ordonna
de faire halte, et commença ses dispositions pour un assaut; de leur côté, ceux

du château firent bonne contenance, et
lorsqu'on en vint aux murailles, se dé-
fendirent si merveilleusement, que la
nuit arriva avant que les assiégeants
aient rien pu conquérir; messire Louis
fit alors sonner la retraite, et se logea
avec son armée tout à l'entour de la forteresse.

Comme le château de Conquest n'était
qu'à quelques lieues de Hennebon, la
nouvelle parvint promptement à Gauthier
de Mauny de ce qui se passait sous ses
murailles; le jeune chevalier réunit alors
ses amis, et leur demanda s'ils ne trouvaient point que ce serait une noble
aventure pour eux que d'aller attaquer

messire Louis d'Espagne et de le forcer
de lever le siège. Leur avis fut qu'aucune
entreprise ne pouvait être plus glorieuse
et rapporter plus grand honneur ; aussi
partirent-ils dès le soir même, sous la
conduite de leur aventureux capitaine,
et chevauchèrent-ils tant et si bien, que
le lendemain ils arrivèrent vers none en
vue de la forteresse. Mais il était trop
tard, le château était pris depuis la veille
et la garnison égorgée. Quant à messire
Louis, il avait continué sa route vers Bignan, en laissant dans sa conquête un
nouveau châtelain et soixante braves
compagnons pour la défendre. Le but de
l'entreprise était donc manqué, et les

seigneurs anglais parlaient de retourner à Hennebon; mais Gauthier de Mauny déclara qu'il était venu de trop loin pour s'en aller ainsi sans savoir quelles gens étaient dans ce château. En conséquence, il en fit le tour, et, apercevant la brèche par laquelle messire Louis d'Espagne était entré la veille et que la nouvelle garnison n'avait pas encore eu le temps de refermer, il mit pied à terre, invita ses compagnons à en faire autant, et, laissant leurs chevaux aux mains des écuyers et des varlets, ils marchèrent l'épée au poing vers cette ouverture; de leur côté, les Espagnols s'avancèrent pour la défendre; mais ils n'étaient égaux

ni en uombre ni en courage; au bout
d'une heure de combat les assiégés furent défaits, et Gauthier de Mauny entra
dans le château par la même brèche qu'y
avait faite Louis d'Espagne. Quant à la
garnison, elle fut entièrement passée au
fil de l'épée, à l'exception de dix hommes que les chevaliers anglais reçurent
à merci; puis le même soir, voyant que
sa prise était difficile à conserver, il reprit la route d'Hennebon, laissant la forteresse sans autre garde que les cadavres
de ses deux garnisons.

En revenant à Hennebon, messire
Gauthier de Mauny y trouva le comte
Robert d'Artois, qui, pendant son ab-

sence, y avait abordé avec un nouveau
renfort qu'envoyait le roi Édouard, et
qui venait reprendre en Bretagne, contre Philippe de Valois, son ennemi, la
lutte qu'il avait été, à son grand regret,
obligé d'interrompre en Flandre.

Cependant Édouard s'occupait d'accomplir avec la même religion qu'il venait de le faire pour la comtesse de
Montfort la promesse qu'il avait engagée
à la belle Alix. A la suite du message de
Guillaume de Montaigu , une trève de
deux ans avait été conclue entre lui et le
roi David, et une des conditions de cette

trève avait été le retour en Angleterre du comte de Salisbury. Le roi David insista d'autant plus auprès de Philippe de Valois pour qu'il rendît la liberté à son prisonnier qu'il devait en ce cas être échangé contre Muray, l'un des quatre barons d'Écosse qui lui avaient reconquis son royaume. En effet, de quelque importance que le roi Philippe crût son prisonnier, il ne put résister aux instances de son allié, et, vers la fin de mai, au moment même où Gauthier menait à bien en Bretagne les diverses entreprises que nous avons dites, il donna au comte de Salisbury congé de retourner en Angleterre.

Il en avait grandement coûté à Édouard

de rappeler le comte, et sa jalousie ne lui
permit point de lui laisser faire un long
séjour au château de Wark; aussi lui
manda-t-il promptement de venir le rejoindre à Londres, sous prétexte qu'il
avait une mission de la plus haute importance à lui confier; il l'invitait en
même temps à amener avec lui sa femme, les fêtes qu'il devait donner à Windsor étant proches, et la belle Alix ayant
promis d'y assister si elle y était conduite
par son mari. Le comte était sans défiance; Alix n'avait pas jugé à propos
de le tourmenter par la confidence d'un
amour qu'elle espérait toujours voir s'é-
teindre, et qui d'ailleurs, sûre qu'elle

était d'elle-même, ne lui causait pas
grande inquiétude. Il vint donc comme
il en était requis, et Alix le suivit, ne
croyant avoir aucun motif de ne pas l'accompagner.

Édouard revit Alix avec une indifférence si bien feinte qu'elle crut qu'il
avait oublié son amour, ou que le défaut
d'espoir l'en avait guéri. D'ailleurs, pour
lui donner toute sécurité, il lui avait of-
fert un logement au palais et parmi les
femmes de la reine.

Madame Philippe, de son côté avait
insisté fortement, heureuse qu'elle était
de revoir son ancienne amie ; de sorte
qu'Alix avait accepté sans défiance, et

avait repris toute son ancienne sécurité.

Quant à la mission que le roi destinait
au comte, elle prouvait que la confiance
qu'il lui accordait était toujours la même.
Des prisonniers d'importance, parmi
lesquels étaient messire Olivier de Clisson, messire Godefroy de Harcourt et
messire Hervey de Léon, qui avait été
pris quelques jours après avoir passé du
service du comte de Monfort à celui de
Charles de Blois, étaient arrivés en Angleterre, et avaient été renfermés au
château de Margate.

Édouard, qui avait des desseins sur
eux, venait d'en nommer Salisbury gouverneur. En conséquence, le

comte reçut ses instructions et partit.

Pendant ce temps le roi, dans l'intention où il était de remettre en vigueur la noble institution de la Table-Ronde, dont sortirent tant de vaillants chevaliers, que leur renommée se répandit par tout le monde, faisait réédifier le château de Windsor, fondé autrefois par le roi Artus. Il devait, comme nous l'avons dit, célébrer cette réédification par un tournoi et par des fêtes; il envoya, en conséquence, des hérauts en Écosse, en France et en Allemagne, pour publier qu'ami ou ennemi, chacun, pourvu qu'il fût chevalier, pouvait venir, en l'honneur de sa dame, briser une lance à la passe d'armes de Windsor.

Une pareille invitation de la part d'un si grand prince avait, on le comprend bien, ému toute la chevalerie : aussi d'Écosse, de France et d'Allemagne voyait-on arriver, comme une députation de toute la noblesse du monde, les plus braves champions de cette époque : quelques-uns s'étaient déjà rencontrés sur les champs de bataille, et savaient l'estime qu'ils devaient faire les uns des autres; mais la plupart ne se connaissaient que de renommée, et n'en étaient que plus ardents à se connaître. A mesure qu'ils arrivaient, ils allaient se faire inscrire chez les juges du camp, soit sous leur nom, soit sous le pseudonyme qu'ils voulaient porter, et le lendemain ils recevaient du roi Édouard un cadeau proportionné à leur naissance ou au rang qu'ils paraissaient tenir. Au reste, le tournoi devait durer trois jours, et avoir pour tenants, le premier jour, Édouard lui-même, le second jour, Gauthier de Mauny, qui avait quitté la Bretagne pour ne pas manquer une pareille fête, et le troisième jour, Guillaume de Montaigu, que le roi, selon sa promesse, venait d'armer chevalier, et qui devait briser là sa première lance sous les yeux de la comtesse. Les trois tenants devaient accepter le combat à la lance, à l'épée ou à la hache : le poignard seul était défendu.

La veillé de la Saint-Georges, jour fixé pour l'ouverture des fêtes, la cité de Londres se réveilla au bruit des trompettes et des clairons. Les chevaliers qui étaient accourus de différentes parties du monde dans cette grande ville devaient se rendre aux tentes que leur avait fait préparer le roi dans la plaine de Windsor ; car il ne fallait pas songer à loger au château une si grande multitude de personnes. En conséquence, des huit heures du matin, toutes les rues qui conduisaient du château de Londres,

c'est-à-dire de la place Sainte-Catherine
à la route, étaient tendues de tapisseries
et jonchées de branchages. Des deux
côtés, à cinq ou six pieds des maisons,
des câbles cachés sous des festons de
fleurs étaient tendus, formant des es-
pèces de trottoirs dans lesquels devait
circuler le peuple, tandis que le haut du
pavé resterait libre et ouvert aux chevaliers.

Au reste, pas un arbre qui ne por-
tât des fruits vivants, pas une fenêtre
qui ne fût occupée par des pyramides
de têtes, pas une terrasse qui n'offrit sa
moisson de spectateurs serrés comme
des épis, et vacillants comme eux au

moindre bruit qui semblait annoncer l'approche du cortège.

A midi, vingt-quatre trompettes sortirent en sonnant du château, au milieu des acclamations de la foule, à laquelle elles annonçaient enfin le spectacle si impatiemment attendu par elles depuis le matin. Elles étaient suivies de soixante coursiers équipés pour la joute et montés par des écuyers d'honneur, portant des pennons sur lesquels étaient les armes de leurs maîtres. Après les écuyers, venaient le roi et la reine, parés de leurs habits royaux, ayant la couronne sur la tête et le sceptre en main, et entre eux deux, sur un beau palefroi dont les

tresses dorées pendaient jusqu'à terre,
le jeune prince de Galles, le futur héros
de Crécy et de Poitiers, qui allait faire à
un tournoi son apprentissage de guerre.
Derrière eux chevauchaient soixante
dames, revêtues de leurs plus riches
atours, menant chacune à une chaîne
d'argent un chevalier tout armé pour la
joute et portant ses couleurs. Puis, pêle-
mêle et sans ordonnance, visière haute
ou baissée, selon qu'ils voulaient être
connus ou garder l'incognito, deux ou
trois cents chevaliers tout couverts d'armes brillantes, avec des écus chargés
de blasons ou de devises. Enfin la marche était fermée par une multitude in-

nombrable de pages et de valets, les uns
tenant des faucons chaperonnés sur le
poing, et les autres menant en laisse des
chiens portant au cou des banderolles
aux armes de leurs maîtres.

Cette magnifique assemblée traversa
toute la ville au pas et en bon ordre pour
se rendre au château de Windsor, situé,
comme nous l'avons dit, à vingt milles
de Londres. Malgré cette distance, une
partie de la population l'accompagna,
courant tout à travers champs, tandis
que le cortége suivait la route. Le roi
avait encore prévu ce dernier cas, et en
dehors de l'enceinte des tentes réservées
aux chevaliers, il avait fait construire

une espèce de camp où pouvaient loger
dix mille personnes ; chacun était donc
sûr de trouver un logis selon sa condition, les seigneurs au château, les chevaliers sous les tentes, le peuple au bi-
vouac.

On arriva à Windsor à nuit close; mais
le château était si bien illuminé, qu'il
semblait un manoir de fées. De leur côté
les tentes étaient disposées comme les
maisons d'une rue ; seulement à l'entre-
deux de chaque tente brûlaient des torches colossales qui jetaient une lueur
pareille à celle du jour, tandis que dans
les cuisines situées de distance en distance on voyait une foule de rôtisseurs

et de marmitons occupés à des détails
qui n'étaient pas sans charmes pour des
estomacs qui chevauchaient depuis l'heure de midi.

Chacun procéda à son installation,
puis au souper. Jusqu'à deux heures du
matin, la nuit fût pleine de tumulte et de
cris joyeux. Vers cette heure, le bruit
s'affaiblit graduellement sous les tentes
et dans les bivouacs, tandis que les fenêtres du château s'éteignaient les unes
après les autres, à l'exception d'une seule.

Cette fenêtre était celle de la chambre
où veillait Édouard. Salisbury, revenu
de Margate pour être maréchal du tournoi avec messire Jean de Beaumont,

était arrivé, la nuit même, avec de grandes nouvelles. Sa négociation près des
prisonniers avait réussi, Olivier de Clisson et le sire de Harcourt, non-seulement acceptaient les propositions d'É-
douard et se faisaient Anglais, mais encore répondaient comme d'eux-mêmes
de plusieurs seigneurs de la Bretagne et
du Berry, lesquels suivraient, étaient-ils
certains, la même fortune qu'eux. Ces
seigneurs étaient messire Jean de Montauban, le sire de Malestroit, le sire de
Laval, Alain de Quédillac, Guillaume,
Jean et Olivier des Brieux, Denis du
Plessis, Jean Malart, Jean de Sénédari et
Denis de Caillac.

Ces nouvelles réjouirent grandement Édouard ; il voyait dans la Bretagne une véritable entrée sur la France, et, comme il n'oubliait pas son vœu, que lui seul de tous ceux qui l'entouraient à cette heure n'avait pas encore rempli, il témoigna à Salisbury toute la joie qu'il recevait de sa négociation. Aussitôt les joutes, Salisbury devait donc retourner à Margate pour faire signer à Olivier de Clisson et à Godefroid de Harcourt leur engagement ; après quoi, les chevaliers devaient retourner en Bretagne libres et sans rançon.

Enfin cette lumière s'éteignit comme les autres, et tout rentra dans le repos et

l'obscurité. Mais cette trève aux plaisirs
ne fut pas de longue durée. Au point du
jour chacun se réveilla et s'émut ; le peuple d'abord, qui non-seulement devait
être le plus mal placé, mais qui encore
tremblait de ne pas avoir assez de place,
sans même prendre le temps de déjeû-
ner, et chacun emportant dans ses po-
ches la provision de la journée. Toute
cette foule se rua donc par les portes des
barrières, et se répandit comme un torrent dans l'espèce de lit qu'on lui avait
ménagé entre la lice et les galeries. Ses
craintes étaient fondées. A peine la moitié des personnes qui étaient venues de
Londres purent-elles trouver place ; mais

elles ne renoncèrent point pour cela au spectacle. A peine se furent-elles assurées qu'il n'y avait plus moyen de pénétrer dans l'enceinte, et que les barrières contenaient tout ce qu'elles pouvaient contenir, qu'elles s'éparpillèrent dans la campagne, cherchant tous les points élevés d'où il était possible de dominer le spectacle.

A onze heures les trompettes annoncèrent que la reine sortait du château. Nous disons la reine seulement, car, comme Édouard était le tenant de cette journée, il était déjà sous sa tente. Madame Philippe avait à sa droite Gauthier de Mauny, et à sa gauche Guilme de Montaigu, qui devaient être les

héros des jours suivants. La belle Alix

venait ensuite, conduite par le duc de

Lancastre et monseigneur Jean de Hai-

naut; puis derrière elle marchaient les

soixante dames de la veille, accompa-

gnées de leurs chevaliers.

Toute cette noble société prit place sur

les galeries qui avaient été préparées à cet

effet, et qui en un instant ressemblèrent

à un tapis de velours merveilleusement

brodé de perles et de diamants. Quant à

madame Philippe et à madame Alix,

elles s'assirent en face l'une de l'autre,

sur un trône pareil; car ce jour-là toutes

deux étaient reines, et plus d'une dame

eût donné à cette heure, si elle l'eût possédée, la royauté de fait, que l'une avait reçue de sa naissance, pour la royauté de droit que l'autre tenait de la beauté.

La lice était un grand carré long, fermé par des palissades, aux deux bouts s'ouvraient les barrières qui devaient donner passage, l'une aux champions, l'autre aux tenants : seulement, à l'extrémité orientale, sur une plate-forme assez élevée pour qu'elle dominât la lice, on avait dressé la tente d'Édouard, qui était toute de velours rouge brodé d'or. Au-dessus de cette tente flottait la bannière royale, écartelée au premier et au troisième des léopards d'Angleterre, et au second et au quatrième des fleurs de lis de France ; puis enfin aux deux côtés de la porte, étaient suspendus l'écu de paix et la targe de guerre du tenant ; et selon que les champions faisaient toucher par leurs écuyers ou touchaient eux-mêmes l'un ou l'autre, ils demandaient la simple joute ou désiraient le combat à fer émoulu.

Les maréchaux avaient longtemps insisté pour que, sous aucun prétexte, les champions ne pussent user d'autres armes que de celles qu'on appelait armes courtoises ; et cela, attendu que, le roi devant être un des tenants, il était à

craindre que quelque haine personnelle
où quelque trahison ne se glissât dans la
lice. Édouard avait alors répondu qu'il
n'était pas un chevalier de parade, mais
un homme de guerre, et que s'il avait un
ennemi, il serait fort aise de lui offrir
cette occasion de venir à lui. Les conditions avaient donc été maintenues en-
tières, et les spectateurs, un instant in-
quiets pour leurs plaisirs, s'étaient ras-
surés ; car, quoique rarement ces joutes
dégénérassent en combat véritable, la
possibilité que cela fût donnait un nouvel intérêt à chaque passe ; les femmes
mêmes, tout en n'osant l'avouer, ne pouvaient, lorsque par hasard la fête tour-

nait ainsi vers une sanglante lutte s'empêcher de témoigner, par leurs applaudissements plus ardents et plus répétés, la prédilection qu'elles éprouvaient pour un spectacle où les acteurs jouaient alors un rôle toujours dangereux et quelquefois même mortel.

Quant aux autres conditions du combat, elles ne s'écartaient point de la règle ordinaire. Lorsqu'un chevalier avait été enlevé des arçons et jeté à terre, s'il ne pouvait se relever sans l'aide de ses écuyers, il était déclaré vaincu ; même chose arrivait lorsque, dans le combat à l'épée ou à la hache, un des champions reculait devant l'autre au point que la

croupe de son cheval touchât la barrière;
enfin, si le combat durait avec un tel
acharnement, qu'il menaçât de devenir
mortel, les maréchaux du camp pouvaient croiser leurs lances entre les deux
champions, et y mettre ainsi fin de leur
propre autorité.

Lorsque les deux reines eurent pris
place, un héraut s'avança dans la lice, et
lut à haute voix les conditions de la
joute. Puis, aussitôt la lecture finie, un
groupe de musiciens placés près de la
tente d'Édouard fit, en signe de défi, retentir l'air du bruit des trompettes et
des clairons; aussitôt un autre groupe
de musiciens leur répondit de l'extré-

mité opposée, les barrières s'ouvrirent,
et un chevalier armé de toutes pièces
parut dans la lice. Mais, quoiqu'il eût la
visière baissée, à ses armes qui étaient
d'or, à la face bandée d'argent et d'azur,
il fut aussitôt reconnu pour le comte de
Derby, fils du comte de Lancastre au
Cou-Tors.

Il s'avança, faisant gracieusement ca-
raccoler son cheval jusqu'au milieu de la
lice ; arrivé là, il se tourna vers la reine,
qu'il salua en inclinant le fer de sa lance
jusqu'à terre ; puis, se retournant vers la
comtesse de Salisbury, il lui rendit le
même honneur au milieu des acclamations de la multitude. Pendant ce temps,

son écuyer traversait l'arène, et, montant sur la plate-forme, allait frapper avec une baguette l'écu de paix d'Édouard.

Le roi sortit aussitôt tout armé, moins sa targe, qu'il se fit boucler au cou par ses varlets, sauta légèrement sur le cheval qu'on lui tenait prêt, et entra dans la lice avec tant de bonne grâce et d'assurance, que les acclamations redoublèrent. Il était couvert d'une armure vénitienne, toute incrustée de lames et de filets d'or formant des dessins bizarres, où l'on reconnaissait le goût oriental; et sur son bouclier, au lieu de ses armes royales, il portait une étoile voilée par un nuage, avec cette devise : *Présente mais cachée*. Alors on lui apporta sa lance qu'il prit et mit en arrêt. Aussitôt les juges du camp, voyant que les champions étaient prêts, crièrent à haute voix : Laissez aller. Au même moment, les adversaires éperonnant leurs chevaux, se précipitèrent l'un sur l'autre, et se rencontrèrent au milieu de la lice. Tous deux avaient dirigé la pointe de leur lance vers la visière du casque, tous deux avaient atteint le but ; mais l'extrémité arrondie de la lance, n'ayant pu mordre sur l'acier, tous deux avaient passé outre, sans aucun dommage. Ils revinrent en conséquence chacun à son

point, et, au signal donné, s'élancèrent
de nouveau l'un sur l'autre.

Cette fois tous deux frappèrent en plein
dans leur targe, c'est-à-dire au beau milieu de la poitrine : ils étaient trop bons
cavaliers pour être désarçonnés ; cependant un des pieds du comte de Derby
vida l'étrier, et sa lance lui échappa des
mains : quant à Édouard, il resta ferme
sur sa selle, mais, de la violence du coup.
sa lance se brisa en trois morceaux, dont
deux volèrent en l'air et dont le troisième lui resta dans la main. Un écuyer
du comte de Derby ramassa sa lance et
la lui présenta, tandis qu'on en apportait
une nouvelle à Édouard ; si bien qu'aus-

sitôt les deux champions se retrouvant armés, reprirent du champ et revinrent une troisième fois l'un sur l'autre.

Cette fois le comte de Derby encore dirigea sa lance vers la targe de son adversaire, tandis qu'Édouard, revenant à son premier dessein, avait comme d'abord pris le casque du comte pour point de mire; tous deux dans cette circonstance donnèrent une nouvelle preuve de leur adresse et de leur force, car de la violence du coup que reçut son maître, le cheval d'Édouard s'arrêta court et plia sur les jarrets de derrière, tandis que la lance du roi avait pris si juste le milieu du cimier, que, brisant les boucles qui le retenaient sous le cou, elle avait enlevé le casque du comte de Derby.

Tous deux avaient jouté en braves et adroits chevaliers; mais, soit fatigue, soit courtoisie, le comte ne voulut pas poursuivre la lutte, et, s'inclinant devant le roi, il se reconnut vaincu, et se retira au milieu des applaudissements qu'il partageait avec son vainqueur.

Édouard rentra dans sa tente, et les trompettes retentirent de nouveau en signe de défi; leur son eut comme la première fois un écho à l'extrémité opposée; puis aussitôt qu'il se fut éteint, on vit entrer un second chevalier, que l'on reconnut pour un prince à la couronne qui surmontait son casque : en effet, ce nouveau champion était le comte Guillaume de Hainaut, beau-frère du roi.

Cette passe fut, comme l'autre, une lutte d'honneur et de courtoisie plutôt qu'une véritable joute ; peut-être, au reste, n'en devenait-elle que plus curieuse aux yeux des champions exercés, qui formaient non-seulement les acteurs, mais encore les spectateurs de cette scène ; car chacun fit des merveilles d'adresse. Cependant il y avait au fond des coups portés une trop visible intention de la part des adversaires de se livrer à un jeu et non à un combat pour que l'impression produite ne fût pas celle

que l'on ressentirait de nos jours en
voyant jouer une comédie parfaitement
intriguée, lorsque l'on serait venu pour
voir une tragédie bien dramatique. Il en
résulta que, quel que fût le plaisir que
prît à ce spectacle la foule qui l'applau-
dissait, il était visible, lorsqu'il fut achevé, qu'elle espérait pour l'avenir quelque chose de plus sérieux.

Après avoir brisé chacun trois lances,
le comte Guillaume sortit de la lice en
s'avouant vaincu comme avait fait le
comte Derby, tandis qu'Édouard, mé-
content de ses victoires faciles, se reti-
rait dans sa tente, commençant à regretter de ne s'être pas mêlé sous un nom

inconnu à la foule des champions, plutôt que de se déclarer l'un des tenants
comme il l'avait fait.

A peine fut-il rentré que la musique fit
retentir des sons provocateurs auxquels
on crut d'abord que rien n'allait répondre; car quelques minutes de silence
leur succédèrent; chacun s'inquiétait
donc déjà de cette interruption, lorsque
tout-à-coup on entendit retentir une
seule trompette, elle sonnait un air français; ce qui indiquait qu'un chevalier
de cette nation se présentait pour combattre.

Tous les regards se portèrent à l'instant vers la barrière, qui s'ouvrit, don-

nant passage à un chevalier de moyenne
taille, mais paraissant, à la manière dont
il portait sa lance et manœuvrait son
cheval, aussi vigoureux qu'habile. Chacun dirigea aussitôt les yeux sur son écu
pour voir s'il offrait quelque devise à laquelle on pût le reconnaître; son écu ne
portant que ses armes, qui étaient de
gueules à trois aigles d'or, aux vols
éployés, posés deux et un, avec une fleur
de lis au chef, cousu de France. Cependant, à cette seule désignation, qui de
nos jours lui eût permis de garder son
incognito, Salisbury le reconnut pour le
jeune chevalier qui le lendemain de la
rencontre de Buironfosse, avait traversé,

sur l'ordre de Philippe de Valois, le ma-
rais qui séparait les deux armées, et
avait été, sans y rencontrer personne,
explorer le bois qui couvrait la pente de
la montagne, au sommet de laquelle,
comme nous l'avons dit, il avait planté sa
lance. A son départ, Philippe, on se le
rappelle, l'avait armé chevalier de sa
propre main, et à son retour, content du
courage dont il avait fait preuve, il l'avait
autorisé à ajouter à ses armes une fleur
de lis : c'était en terme de blason ce qu'on
appelait coudre au chef.

Le jeune chevalier, en entrant dans la
lice, y avait excité un mouvement de
curiosité d'autant plus vif, qu'il se pré-

sentait avec ses armes de guerre. Il ne
s'avança pas moins avec toute la courtoisie qui, dès cette époque, se faisait remarquer dans la noblesse de France :
s'arrêtant d'abord devers la reine, qu'il
salua à la fois de la lance et de la tête,
abaissant la pointe de sa lance jusqu'à
terre et courbant la tête jusque sur le cou
de son cheval ; puis, le faisant cabrer
aussitôt, il le força de tourner sur lui-
même, jusqu'à ce qu'ayant achevé le
demi-cercle, il se trouvât en face de la
comtesse de Salisbury, à laquelle il
adressa le même salut : alors, sans hâte
ni lenteur, il s'avança lui-même, pour
rendre sans doute un plus grand honneur

son adversaire, vers la tente où était
etiré Édouard, et, du fer de sa lance, il
oucha hardiment la targe de guerre ;
uis redescendit aussitôt dans la lice en
aisant exécuter à sa monture les exer-
ices les plus difficiles de l'équitation.

De son côté, le roi était sorti de sa
ente, et s'était fait amener un autre che-
al, couvert lui-même d'une armure
omplète ; mais si sûr qu'il dût être de
es écuyers, il n'en examina pas moins
vec une attention toute particulière la
manière dont il était harnaché ; tirant
ensuite son épée hors du fourreau, il
s'assura que la lame en était aussi bonne
que la poignée en était belle ; puis, se fai-

sant attacher au cou une autre targe, il s'élança sur sa monture aussi lestement que pouvait le faire un homme couvert de fer.

L'attention des spectateurs était grande; car, quoique messire Eustache de Ribeaumont eût mis dans son défi toute la courtoisie possible, il n'en était pas moins évident que cette fois c'était une véritable joute, et quoiqu'elle ne fût animée par aucune haine personnelle, la rivalité des deux nations devait lui donner un caractère de gravité que ne pouvaient avoir les rencontres qui l'avaient précédée : aussi Édouard alla-t-il prendre sa place dans la lice au milieu du silence

le plus profond ; messire Eustache, en le
voyant venir, mit sa lance en arrêt,
Édouard en fit autant, les juges du camp
crièrent d'une voix forte : *Laissez aller*, et
les deux champions s'élancèrent l'un
contre l'autre.

Le chevalier avait dirigé sa lance vers
la visière, et le roi la sienne contre la
targe, et tous deux avaient visé si juste,
que le casque d'Édouard lui fut arraché
de la tête, tandis que sa lance frappait
avec une telle force le chevalier, qu'elle
se brisa à un pied du fer, à peu près, et
que le tronçon resta enfoncé dans l'armure. Un instant on crut que messire
Eustache était blessé ; mais le fer, tout en

traversant l'armure, s'était arrêté aux
mailles du gorgerin ; de sorte que,
voyant, par le murmure qui s'éleva,
quelle était la crainte des spectateurs, il
arracha le fer lui-même, et salua une seconde fois les deux reines, en signe qu'il
n'y avait point de mal. Le roi reprit un
autre casque et une autre lance, et chacun ayant fait son tour et étant revenu à
sa place, les maréchaux donnèrent de
nouveau le signal. Cette fois les champions choisirent un but pareil, et se frappèrent en pleine poitrine. Le coup fut si
violent, que les deux chevaux levèrent
les pieds de devant ; mais leurs maîtres
demeurèrent en selle, pareils à des piliers

d'airain ; quant aux deux lances elles se
rompirent comme du verre, et les éclats
en sautèrent jusque dans la galerie où
était le peuple. Les écuyers s'approchèrent alors avec de nouvelles lances ;
chacun s'arma de la sienne, et, rega-
gnant sa place, s'apprêta à une troisième
joute.

Si rapide que fût le signal, il s'était encore fait attendre au gré des deux adversaires ; car, aussitôt qu'il fut donné, les
chevaux s'élancèrent, comme s'ils eussent partagé les sentiments de leurs maîtres. Cette fois, messire Eustache con-
serva toujours le même but ; mais
Édouard ayant changé le sien, sa lance

atteignit si juste la visière, qu'elle enleva
le casque du chevalier, tandis que la
lance de celui-ci frappait en pleine poitrine avec une telle raideur, que le cheval du roi s'accroupit, et que, dans ce
mouvement, la sangle s'étant rompue, la
selle glissa tout le long de son dos, de
sorte qu'Édouard se trouva debout, mais
à pied. Son adversaire sauta aussitôt à
terre, et trouva Édouard déjà débarrassé
de ses étriers. Il tira incontinent son
épée, se couvrant la tête de son bouclier;
mais Édouard lui fit signe qu'il ne conti-
nuerait pas le combat qu'il n'eût repris
un autre casque. Messire Eustache obéit,

et le roi lui voyant la tête couverte, tira
son épée à son tour.

Mais avant de les laisser de nouveau
venir aux mains, deux écuyers emmenèrent les chevaux chacun par une barrière,
tandis que deux varlets ramassaient les
lances que les combattants avaient
laissé tomber. La lice ainsi dégagée,
écuyers et varlets se retirèrent, et les
juges du camp donnèrent le signal.

Édouard était un des plus vigoureux
hommes d'armes de son royaume; aussi
messire Eustache comprit-il aux premiers
coups qu'il reçut le besoin de rappeler
toute sa force et toute son adresse. Mais
lui-même, comme on a pu le voir, et

comme en font foi les chroniques du temps, était un des plus vaillants chevaliers de son époque ; de sorte qu'il ne s'émerveilla ni de la violence ni de la rapidité de l'attaque, et rendit coup pour coup avec une vigueur et un sang-froid qui prouvèrent à Édouard ce qu'il savait déjà sans doute, c'est qu'il se trouvait en face d'un adversaire digne de lui.

Au reste, les spectateurs n'avaient rien perdu pour attendre, et ce qui se passait devant eux était bien cette fois un véritable combat. Les deux épées, dans lesquelles se réfléchissait le soleil, semblaient deux glaives de flamme, et les coups étaient parés et rendus avec une telle rapidité, qu'on ne s'apercevait qu'ils avaient touché l'écu, le heaume ou la cuirasse, qu'en voyant jaillir les étincelles qu'ils en tiraient. Les deux champions s'attachaient surtout au casque, et sous les atteintes redoublées qu'ils avaient reçues, celui de messire Eustache avait déjà vu tomber son panache de plumes, et celui d'Édouard perdu sa couronne de pierreries. Enfin l'épée d'Édouard s'abattit avec une telle force, que, quelle que fut la trempe du heaume de son adversaire, il lui eût sans doute fendu la tête, si messire Eustache n'eût paré à temps avec son bouclier. La lame terrible coupa l'écu par la moitié comme s'il eût été de cuir, si bien que du choc une des attaches s'étant brisée, messire Eustache jeta loin de lui l'autre moitié, qui lui était devenue plutôt un embarras qu'une défense, et, prenant son épée à deux mains, il en asséna à son tour un si rude coup sur le cimier du roi, que la lame vola en morceaux, et que la poignée seule lui resta dans la main.

Le jeune chevalier fit alors un pas en arrière pour demander une autre arme à son écuyer; mais Édouard, levant vivement la visière de son casque, fit à son tour un pas en avant, et prenant son épée par la pointe, il en présenta la garde à son adversaire.

— Messire, lui dit-il avec cette grâce qu'il savait si bien prendre en pareille occasion, vous plairait-il d'accepter celle-ci? J'ai, comme Ferragus, sept épées à mon service, et toutes sont d'une trempe merveilleuse : il serait fâcheux qu'un bras aussi habile et aussi vigoureux que le vôtre n'eût pas une arme sur laquelle il pût compter; prenez donc, Messire, et nous en recommencerons le combat avec plus d'égalité.

— J'accepte, Monseigneur, répondit Eustache de Ribeaumont en levant à son tour la visière de son casque; mais à Dieu ne plaise que j'essaie le tranchant d'une si belle arme contre celui-là qui me l'a donnée : je me reconnais donc vaincu, Sire, autant par votre courage que par votre courtoisie, et cette épée m'est si précieuse, que je fais ici le serment sur elle, et par elle, de ne jamais, ni en tournoi, ni en bataille, la rendre à d'autres qu'à vous. Maintenant, une dernière faveur; Sire, conduisez votre prisonnier près de la reine.

Édouard tendit la main au jeune chevalier, et se dirigea avec lui, au milieu des acclamations des spectateurs, jusqu'au trône de madame Philippe, qui, ayant détaché une magnifique chaine d'or de son cou, la noua au poignet du vaincu, en signe de servage, et déclara que de trois jours elle ne voulait pas avoir d'autre esclave. En conséquence elle le fit asseoir à ses pieds, tenant à la main l'autre extrémité de la chaîne : quant à Édouard, il rentra dans sa tante, prit un autre casque, et ordonna aux musiciens de sonner le défi ; mais soit respect, soit crainte, les clairons de la barrière restèrent muets, et trois fois les mêmes sons retentirent sans qu'aucun bruit pareil leur répondit. Les hérauts parcoururent alors la lice en criant : Largesses, chevaliers, largesses ! et une pluie d'or tomba des gradins dans la rène.

Au reste, comme la journée était avancée, et que l'heure du souper approchait, les maréchaux levèrent leurs lances garnies de banderolles aux armes d'Angleterre écartelées de leurs armes, pour indiquer que la première joute était finie. Au même moment les musiciens des deux barrières sonnèrent la retraite, et le cortège reprit, dans le même ordre où il était venu, sa marche vers le château.

Édouard donna à souper aux chevaliers anglais et étrangers, et la reine aux dames et aux damoiselles ; puis, après le souper, dames, damoiselles et chevaliers passèrent dans une chambre commune où les attendaient force jongleurs, musiciens et ménestrels.

Le roi ouvrit le bal avec la comtesse de Salisbury, et la reine avec messire Eustache de Ribeaumont. Édouard était au comble de la joie ; il avait eu les honneurs de la journée comme roi et comme chevalier, et cela sous les yeux de la femme qu'il aimait. Alix, de son côté, redevenue sans défiance, se livrait au plaisir de la danse avec tout l'abandon de la jeunesse et du bonheur. Édouard profitait de cette confiance, tantôt pour serrer, comme par mégarde, la main qu'elle lui tendait, tantôt pour toucher ses cheveux flottants avec ses lèvres, toujours pour s'enivrer du parfum âcre et voluptueux qui flotte autour des fem-

mes dans la chaude atmosphère d'un
bal. Au milieu du labyrinthe de figures
que formait dès lors le tissu d'une danse,
la jarretière de la comtesse, qui était de
satin bleu de ciel brodé d'argent, tomba
sans qu'elle s'en aperçût. Édouard s'é-
lança pour la ramasser; mais le mouvement n'avait pas été si rapide que d'autres yeux que les siens n'eussent eu le
temps de deviner le larcin que le roi avait
eu l'intention de faire. Chacun s'écarta
en souriant : Édouard comprit à cette
retraite courtisanesque qu'il était soup-
çonné; et mettant le ruban autour de sa
propre jambe : « Honni soit, dit-il, qui
mal y pense. »

Cet incident donna naissance à l'ordre de la Jarretière.

Le lendemain, à la même heure que la veille, les galeries étaient de nouveau encombrées, la lice prête et les maréchaux à leur poste, seulement la tente était changée ; elle avait pris un aspect plus simple, mais en même temps plus guerrier ; et la bannière qui flottait au-dessus d'elle, au lieu d'être de gueules et écartelée des armes de France et d'Angleterre, était de sinople à la bande ondée d'or. C'était, comme on se le rappelle, messire Gauthier de Mauny le tenant de cette journée, et la valeur bien connue du jeune chevalier était aux spectateurs un sûr garant des belles appertises d'armes qu'ils verraient faire en cette occasion.

En effet, ceux qui la veille n'avaient point osé jouter avec le roi s'étaient réservés pour le lendemain. Cependant les juges du camp n'avaient inscrit que dix noms, pensant que c'était assez faire pour un seul tenant que de tenir tête à dix adversaires différents; encore avait-il fallu les tirer au sort, car il y avait plus de cent chevaliers qui demandaient à faire leurs armes dans cette journée. Tous les noms alors avaient été mis dans

un casque, et les dix premiers sortants
devaient obtenir la préférence, et combattre dans l'ordre où ils auraient été ti-
rés. Ces privilégiés du hasard étaient le
comte de Merfort, le comte d'Arondel,
le comte de Suffolk, Roger, comte de
Mark, John, comte de Lisle, sir Walter
Pavely, sir Richard Fitz Simon, lord
Holland, sir John lord Grey de Codnore,
et un chevalier inconnu qui s'était fait
inscrire sous le nom du Jeune Aventureux.

Gauthier de Mauny soutint la haute réputation qu'il s'était acquise; cinq de ses
neuf premiers adversaires vidèrent les
arçons, trois furent desheaumés, et un

seul, le comte de Suffolk se maintint
vis-à-vis de lui avec un avantage à peu
près égal.

Le tour du chevalier inconnu arriva.
Provoqué comme ses devanciers, par les
trompettes de défi, il entra à son tour
dans la lice, et au contraire de ses pré-
décesseurs, qui avaient tous envoyé toucher le bouclier de paix de messire
Gauthier de Mauny, il envoya son écuyer
heurter à la targe de guerre.

Gauthier sortit vivement de sa tente :
car, mis en haleine par les joutes précédentes, il s'était enivré, comme fait un
cheval généreux au son de la trompette,
et il commençait à se fatiguer de ne jouer

qu'un simple jeu. Pendant le temps
qu'on lui amenait un cheval frais et
qu'on lui apportait une lance neuve, il
jeta les yeux sur la lice, et chercha à deviner à quel homme il avait affaire ; mais
rien ne put lui indiquer ni le rang ni la
qualité de son adversaire ; son casque
était sans cimier, son écu sans armoi-
ries, il portait des éperons d'or en signe
qu'il était chevalier, et voilà tout. Quant
à ses armes, c'étaient la lance, l'épée et
la hache d'armes. Gauthier de Mauny
boucla sa targe, descendit dans la lice,
fit accrocher une hache à l'arçon de sa
selle, et prenant sa lance des mains de
son écuyer, il la mit en arrêt, tandis que

son adversaire de son côté prenait du
champ, et faisait les mêmes dispositions
de combat.

Au signal donné, les deux chevaliers
s'élancent l'un sur l'autre de toute la rapidité de leurs chevaux. Gauthier de
Mauny avait dirigé sa lance contre la visière de l'inconnu ; mais, ne trouvant pas
de prise au cimier et ayant manqué l'ouverture, l'acier glissa sur l'acier sans lui
faire d'autre dommage. Quant au chevalier aventureux, il avait frappé en pleine
targe, et cela avec une telle force, que la
lance, trop solide pour se briser ainsi du
premier coup, lui avait échappé des
mains. Son écuyer la ramassa aussitôt,

et la lui rendit. Les champions reprirent

donc de nouveau leurs places, et se pré-

parèrent à une seconde course. Cette

fois, Gauthier, instruit par l'expérience,

dirigea sa lance vers la poitrine de son

adversaire, qui de son côté ne changea

point de but. Ils s'atteignirent donc tous

deux au milieu de leur targe, et cela si

rudement que les deux chevaux s'arrê-

tèrent en tremblant sur leurs jarrets :

quant à leurs maîtres, leur fortune fut

encore à peu près égale dans cette ren-

contre. Le chevalier inconnu se renversa

en arrière, comme un arbre qui plie,

mais se releva aussitôt. Gauthier de Mau-

ny perdit les étriers, mais les reprit avec

une telle promptitude, qu'à peine s'a-
perçut-on qu'il avait été ébranlé; quant
aux deux lances, elles avaient volé en
morceaux.

Les écuyers avaient fait un mouvement pour en apporter d'autres; mais,
à peine raffermi sur sa selle, le chevalier
inconnu avait tiré son épée, et Gauthier
de Mauny avait imité son exemple; de
sorte qu'avant même qu'ils eussent fait
un pas, le combat avait recommencé, à
la grande curiosité des spectateurs.

L'arme à laquelle il s'accomplissait
était celle où Gauthier de Mauny était le
plus redoutable. Aussi vigoureux qu'a-
droit, il y avait peu d'hommes qui pus-

sent résister à la force de son bras, où
prévenir la justesse de son coup-d'œil ;
mais, quoique son adversaire n'eût point
évidemment la même supériorité, il se
défendait en homme qui, tout en laissant
des chances à son ennemi, lui devait
donner cependant une rude besogne à
faire. Il y eut même un moment où le
chevalier Aventureux parut avoir l'avantage ; car l'épée de Gauthier de Mauny
s'étant brisée entre ses mains, le chevalier désarmé fut forcé d'avoir recours à
sa hache. Pendant le temps qu'il la détachait, il reçut un tel coup sur son casque,
que les attaches s'étant brisées, il demeura la tête nue ; mais aussitôt, s'étant

garni le front avec son bouclier, il poussa
à son tour si vigoureusement son adversaire, que celui-ci fut forcé d'abandonner l'attaque pour ne plus s'occuper que
de la défense. En vain voulut-il opposer
à l'arme terrible la lame de son épée ; la
lame de son épée se brisa à son tour
comme du verre, et Gauthier, profitant
du même avantage qu'un instant auparavant il avait livré, asséna sur le
heaume de son adversaire un tel coup
du tranchant de sa hache, que le chevalier inconnu étendit les bras en poussant
un cri, et tomba sans mouvement dans
la lice. Les juges du camp croisèrent
aussitôt leurs lances entre les combat-

tants, et les écuyers s'approchèrent du vaincu et lui ouvrirent son casque : il était évanoui, et le sang coulait à flots de la blessure qu'il avait reçue sur le haut de la tête.

Tous les regards se portèrent alors avec curiosité sur le chevalier étranger. C'était un jeune homme de vingt-cinq ans à peine, au teint brun, aux longs cheveux noirs, et dont les traits fortement accentués indiquaient l'origine méridionale. Mais, au grand étonnement de tout le monde, aucun des spectateurs ne le connaissait, et Gauthier lui-même chercha vainement à se rappeler ces traits pâles et sanglants, qui avaient trop de caractère cependant pour qu'on en perdît le souvenir une fois qu'on les avait vus ; de sorte qu'il demeura convaincu que c'était la première fois qu'il se trouvait en face de ce jeune homme. Au reste, la joute était finie. Le roi et la reine reprirent donc le chemin de Windsor, où un magnifique dîner attendait tous les convives, rassemblés cette fois dans la même salle ; et ce fut merveille à voir, car jamais on n'avait réuni tant de nobles personnes : on compta ce jour, assis à une même table, un roi, douze comtes, huit cents chevaliers et cinq cents dames.

A la fin du repas, un écuyer fit demander Gauthier de Mauny. Il venait de la part de son maître, le chevalier Aventureux. Le blessé était revenu à lui, et, avant de mourir, il avait, disait-il, une révélation à faire à celui qu'il était venu si imprudemment défier, et qui l'en avait puni d'une façon si cruelle. Gauthier de Mauny suivit le messager, dont la marche rapide indiquait qu'il n'y avait pas de temps à perdre, et arriva bientôt à la tente du mourant. Il le trouva couché sur une peau d'ours, le visage déjà tellement pâli, que ses yeux seuls semblaient vivre, animés qu'ils étaient par une fièvre mortelle. Au bruit que fit Gauthier en entrant, le moribond releva la tête, et

reconnaissant son vainqueur, qu'il n'a-
vait vu que pendant le court instant où
son casque brisé lui avait laissé la tête
découverte, il ordonna à ses gens de sortir, et pria, par un signe, Gauthier de
Mauny de venir s'asseoir près de lui. Le
chevalier s'empressa de se rendre à ce
désir. Le blessé le remercia d'un signe
de tête; puis, fatigué de l'effort qu'il
avait fait, il se laissa retomber avec un
gémissement que, malgré tout son courage, il ne put étouffer qu'à demi.

Gauthier crut qu'il allait expirer; mais
il se trompait : l'heure n'était pas encore
venue, et au bout de quelques instants le
blessé parut reprendre quelque force :

— Messire Gauthier, dit-il alors d'une voix faible, vous avez fait un vœu, que je crois ?

— Oui, répondit Gauthier, j'ai juré de venger mon père, qui a été assassiné en Guyenne, et de retrouver son meurtrier et son tombeau, afin de tuer l'un sur l'autre.

— Et vous ignorez dans quelle ville il a été assassiné ?

— Je l'ignore.

— Et vous ne savez pas où est sa tombe ?

— Je n'ai pu la découvrir encore.

— Eh bien ! Messire, moi, j'ai une mère qui ignore aussi dans quelle ville j'ai été blessé à mort, dans quel lieu s'élèvera ma tombe; une mère, cependant, qui aura besoin de pleurer sur son fils, comme vous avez besoin de pleurer sur votre père : promettez-moi une chose, chevalier.

— Laquelle? répondit Gauthier.

—Jurez-moi que, quand je serai mort, vous enfermerez mon cadavre dans un cercueil de chêne, et que vous le renverrez au lieu que je vous dirai, pour qu'il repose sur une terre amie et au milieu d'êtres aimés; et moi, en échange, je vous dirai, Messire, comment votre père est mort, et dans quel lieu il attend la résurrection éternelle.

— Ah! je vous le jure, s'écria Gauthier de Mauny; dites, dites!

— Avez-vous entendu parler, Messire,
d'un fameux tournoi qui eut lieu à Cam-
bray, vers l'année treize cent vingt-
deux?

— Oui, sans doute, répondit Gauthier;
car mon père y assista et y acquit grand
honneur.

— Il y jouta, continua le blessé, avec
un jeune homme qu'il maltraita si rudement, que non seulement il ne put jamais
remonter à cheval, mais encore qu'il fut
obligé de se faire ramener en litière jusqu'à la ville de la Réole, où étaient ses
parents. Ce jeune homme avait pour père

Jean de Lévis, et pour mère Constance
de Foix, qui était fille de Roger-Bernard,
comte de Foix, Malgré les soins que lui
donnèrent ses excellents parents, pour
lesquels un tel accident était d'autant
plus sensible, qu'ils n'avaient qu'un second fils au berceau, ce jeune homme ne
put jamais se remettre, et mourut à l'âge
où je vais mourir.

« Or, il advint que deux ou trois ans
après sa mort, et comme la douleur en
était toute saignante encore au cœur de
sa famille, messire Leborgne de Mauny,
votre père, ayant voué un pèlerinage à
Saint-Jacques de Galice, se mit en voyage, accomplit son vœu, et, à son retour,

ayant appris que monseigneur Charles , comte de Valois, frère du roi Philippe, était à la Réole, prit la route de cette ville , pour y saluer en passant son auguste allié *. Votre père resta là quelque temps, car on lui fit grande fête; si bien que le bruit se répandit qu'il y était, et pénétra jusque dans la maison qu'il avait mise en deuil. C'était tenter Dieu, messire, vous en conviendrez, que de venir ainsi se livrer à la vengeance d'un père : aussi résulta-t-il de cette imprudence ce qui devait en résulter. Un soir que mes-

---

* Le comte Guillaume de Hainaut avait épousé la fille du comte de Valois, de sorte que messire Leborgne de Mauny et le comte Valois se trouvaient être devenus cousins.

sire Leborgne de Mauny revenait d'un quartier éloigné de la ville, et regagnait l'hôtel de monseigneur le comte de Valois, il fut attendu par deux hommes, dont l'un était le maître et l'autre le valet : le maître mit l'épée à la main, et cria à votre père de se défendre. Votre père se défendit si bien, qu'il commençait à presser son adversaire; ce que voyant le valet, il vint sur le côté, et passa à messire Leborgne de Mauny son épée au travers du corps.

— Les assassins ! murmura Gauthier.

— Ne m'interrompez pas, si vous voulez tout savoir, car je sens que je n'ai plus que quelques instants à vivre.

— Avant tout, s'écria Gauthier, laissè-
rent-ils son cadavre sans sépulture ?

— Non , rassurez-vous , continua le
mourant. Le corps de votre père fut emporté, obtint les prières de l'église, et fut
enterré dans un tombeau ; car celui qui
l'avait attaqué voulait un duel, et non un
assassinat. Or, il crut que ce serait une
expiation que de coucher le cadavre dans
un suaire bénit, et de faire graver sur le
marbre de sa tombe une croix, avec ce
seul mot latin, —*Orate.* — afin que ceux
qui s'agenouilleraient sur cette tombe
priassent en même temps pour la victime
et pour l'assassin.

— Et où retrouverai-je ce tombeau ? s'écria Gauthier.

— Il était alors hors de la ville, répondit le blessé; mais la ville s'étant étendue depuis lors, il est renfermé maintenant dans ses murailles : vous le retrouverez, messire, dans le jardin du couvent des frères Mineurs, situé à l'extrémité de la rue de Foix.

—Bien, bien, dit Gauthier, voyant que le jeune chevalier s'affaiblissait de plus en plus, et maintenant un dernier mot je vous prie. — Ce Jean de Levis, qui a assassiné mon père, vit-il encore ?

— Il est mort depuis dix ans.

— Mais il avait un fils, m'avez-vous

dit, un fils qui doit être en état de porter les armes ?

— Vous l'avez tué aujourd'hui, messire, répondit le moribond d'une voix éteinte : ainsi votre vœu de vengeance est accompli, ne songez donc plus qu'à celui de la miséricorde. Vous avez promis de renvoyer mon corps à ma mère, ne l'oubliez pas.

Et le jeune homme retombant sur son lit de guerre, murmura un nom de femme, et expira.

Le même soir, messire Gauthier de Mauny demanda au roi d'Angleterre congé pour accompagner le comte de Derby, qui devait, aussitôt les joutes ter-

minées, partir avec grand nombre d'hommes d'armes et d'archers, pour porter
secours aux Anglais de la Gascogne, tandis que sir Thomas d'Agworth allait en
Bretagne, pour y poursuivre à main armée les affaires de la comtesse de Montfort, qui devaient s'être grandement amé-
liorées par le traité que venaient de passer avec le comte de Salisbury, messire
Olivier de Clisson et le sire Godefroy de
Harcourt, et dont la signature allait, sous
quelques jours, rendre la liberté à ces
deux chevaliers.

Le troisième jour était, comme nous

l'avons dit, réservé à Guillaume de Montaigu, qui, armé chevalier de la main du
roi Édouard, selon la promesse que ce
dernier lui en avait engagée au château
de Wark, devait y faire ses premières
armes sous les yeux de la comtesse : c'é-
tait donc un jour de fête pour le jeune
homme, car il était bien décidé à être
vainqueur ou à mourir, et dans l'un ou
l'autre cas, il devait ou être couronné
par elle, ou expirer sous ses yeux, ce qui
était toujours regardé par lui comme un
bonheur.

Au reste, pour faire plus grand honneur à son filleul, Édouard lui-même
avait voulu rompre avec lui la première

heure : puis la reine avait donné pour ce
jour liberté à messire Eustache de Ribeaumont, afin que la seconde joute fût
pour lui. Enfin la troisième avait été re-
tenue par Guillaume de Douglas , qui
avait obtenu de primer tous les autres
chevaliers, à cause du défi fait devant le
château de Wark et accepté à Sterling,
lorsque Guillaume de Montaigu y était
venu apporter une lettre du roi Édouard
au roi David; lettre à la suite de laquelle,
on doit s'en souvenir, il avait été heu-
reusement traité avec le roi de France
de l'échange du comte de Murray contre
messire Pierre de Salisbury.

Les deux premières joutes furent donc

entièrement de courtoisie, et à peu près
ce qu'est, de nos jours, un assaut dans
une salle d'armes : chacun fit grande
preuve de force et d'adresse; on brisa
deux ou trois lances, et Guillaume de
Montaigu eut l'honneur de sortir à partie
égale de cette lutte avec deux des meilleurs chevaliers du monde ; mais, à la
troisième passe, on savait que le jeu devait se changer en duel : car le bruit du
défi s'était répandu dans la noble assemblée, et, tout en déplorant la mort du
chevalier Aventureux, on n'était pas fâ-
ché de retrouver, une fois encore, les
émotions qu'avait fait naître le combat
dans lequel il avait succombé.

Ce fut donc avec un frémissement général d'intérêt et d'impatience que l'on
entendit les musiciens de la plate-forme
faire retentir l'air de leur défi guerrier,
et l'attente de ceux qui craignaient encore que cette curieuse joute n'eût pas
lieu fut joyeusement remplie, lorsque
quatre cornemuses écossaises répondirent aux trompettes et aux clairons par
un pibroch montagnard. Au même instant, les barrières s'ouvrirent, et Douglas parut. Chacun le reconnut à ses
nouvelles armes, qui étaient d'argent au
chef d'azur, avec un cœur sanglant de
gueules, et une couronne d'or en l'azur :
on se rappelle que les Douglas avaient

substitué ces armes aux leurs, qui étaient

d'azur au chef d'argent, et à trois étoiles

de gueules en l'argent, lors de la mort

héroïque du bon lord James, qui avait,

ainsi que nous l'avons raconté, succombé

devant Grenade, en portant vers la Terre-

Sainte le cœur de son souverain et ami

Robert Bruce d'Écosse.

Douglas entra donc dans la lice, ac-

compagné d'un murmure général de cu-

riosité, car il était doublement célèbre

par les exploits de son père et les siens.

Le récit de ses aventureuses entreprises,

sa fidélité au roi David, les pertes ter-

ribles qu'il avait fait éprouver aux An-

glais depuis dix ans à peu près qu'il avait

pour la première fois eu la force de porter une lance et de lever une épée, en faisaient un objet d'intérêt pour les hommes
et d'admiration pour les femmes. Guillaume de Douglas répondit à cette courtoisie en levant la visière de son casque
pour saluer madame Philippe et la comtesse de Salisbury. On vit alors les traits
d'un jeune homme de vingt-six à vingt-
huit ans à peu près ; ce qui redoubla l'é-
tonnement, car on ne pouvait com-
prendre comment, si jeune encore, il
avait déjà tant de renommée. Puis, lorsque Guillaume de Douglas eut rendu
hommage aux deux reines, il baissa la
visière de son casque, et montant sur la

plate-forme, il alla frapper du fer de sa
lance la targe de guerre de Guillaume de
Montaigu.

Celui-ci ne fit qu'un bond du fond de
sa tente jusqu'au seuil.

— Bien, messire, dit-il ; vous êtes exact
au rendez-vous, et je vous remercie.

— Vous parlez, mon jeune seigneur,
comme si c'était de vous que fût venu le
défi : il y a là erreur ; le défi vient de moi,
messire ; je tiens à rétablir les faits dans
toute leur exactitude.

— Qu'importe qui l'a donné ou qui l'a
reçu, puisqu'il a été reçu et donné de
grand cœur ? Or, prenez du champ ce
qu'il vous en faut, et avant que vous ne

soyez à votre place, je serai, moi, à la mienne.

Douglas fit volter son cheval ; et tandis que Guillaume de Montaigu se faisait boucler sa targe, et choisissait la plus forte entre trois ou quatre lances, il traversa de nouveau la lice ; puis, arrivé à l'extrémité par laquelle il était entré, il abaissa sa visière et mit sa lance en arrêt. Il avait à peine achevé ces préparatifs qu'il vit son adversaire à son poste. Un instant suffit à Guillaume pour assurer de son côté sa lance, et les juges du camp, les voyant prêts et s'apercevant de l'impatience des spectateurs, crièrent à haute voix : — Laissez aller.

Les deux jeunes gens fondirent l'un
sur l'autre avec une telle impétuosité,
qu'il leur fut impossible de prendre leurs
mesures : aussi, quoique le fer des deux
lances eût touché les casques, il glissa
sur l'acier, en faisant jaillir des étincelles ;
de sorte que les deux chevaliers, empor-
tés par leur course, passèrent outre, sans
s'être fait autre dommage. Cependant
tous deux arrêtèrent leurs chevaux avec
toute la force et l'adresse d'écuyers con-
sommés ; et les ramenant chacun à sa
place, ils se préparèrent à une nouvelle
course.

Cette fois, Douglas dirigea le fer de sa
lance vers la targe de son adversaire, et

l'atteignit en pleine poitrine avec tant de violence, qu'il la brisa en trois morceaux, et qu'ébranlé du choc, Guillaume plia jusque sur la croupe de son cheval. Quant à celui-ci, il avait visé si juste au cimier, qu'il avait enlevé le casque de la tête de Douglas ; et cela si rudement, que le sang en sortit à l'Écossais par le nez et par la bouche. Au premier moment, on le crut blessé gravement ; mais lui-même fit signe que ce n'était rien, reprit un autre casque des mains de son écuyer, demanda une lance neuve, et retourna prendre du champ pour fournir sa troisième carrière. Quant à Guillaume, il s'était redressé comme un arbre flexible que la brise courbe en passant; puis, faisant volter son cheval, il était aussitôt allé reprendre son poste, et attendait que son adversaire fût préparé. Douglas ne le fit pas attendre : les juges du camp donnèrent pour la troisième fois le signal, et les deux jeunes gens s'élancèrent l'un sur l'autre avec une rage que n'avaient fait qu'augmenter les courses précédentes.

Cette fois, ils se rencontrèrent avec une telle violence, que le cheval de Douglas s'étant cabré, et la sangle du cheval de Guillaume s'étant rompue, les deux champions roulèrent dans la poussière. Aussitôt Douglas se releva sur ses pieds,

et Guillaume sur un genou. Mais, avant
que l'Écossais n'eût franchi la moitié de
la distance qui le séparait de son adversaire, il chancela, et l'on put voir, au sang
qui coulait le long de sa cuirasse, qu'il
était grièvement blessé. Les juges du
camp s'avancèrent aussitôt dans la lice,
et croisèrent leurs lances entre les deux
jeunes gens. Ce fut alors seulement qu'ils
s'aperçurent que Guillaume aussi devait
avoir reçu quelque grave blessure; car,
après avoir essayé de se relever, il était
retombé sur ses deux genoux et sur une
main. En effet, les deux adversaires s'é-
taient donné coup pour coup; la lance
de Guillaume avait percé la targe de

Douglas, et, glissant sur la cuirasse, avait été s'enfoncer sous l'épaulière, tandis que celle de Douglas, traversant la visière, avait atteint Guillaume au-dessus du sourcil, et s'était brisée, lui clouant son casque au front.

Les juges du camp comprirent bientôt la gravité des deux blessures, et sautant à bas de leurs chevaux, ils furent les premiers à porter des secours aux blessés ; messire Jean de Beaumont courut à Douglas, et Salisbury à Guillaume ; et tandis qu'on emmenait l'Écossais hors de la lice, il essaya d'arracher le tronçon de la lance qui était resté dans la plaie ; mais Guillaume lui arrêta la main.

— Non, mon oncle, lui dit-il, car j'ai peur qu'avec le fer ne s'en aille la vie; appelez seulement un prêtre, car je voudrais mourir chrétiennement.

— Ne veux-tu pas un chirurgien d'abord ? s'écria Salisbury.

— Un prêtre, mon oncle! un prêtre, je vous dis; il n'y a pas de temps à perdre, croyez-moi.

— Monseigneur, cria Salisbury à l'évêque de Lincoln, qui était assis près de la reine, voulez-vous venir, il y a danger de mort.

La comtesse jeta un faible cri, plusieurs femmes s'évanouirent, et l'évêque, descendant les degrés, vint prendre près du blessé la place de Salisbury.

Alors, au milieu de la lice, retrouvant des forces pour ce dernier acte de religion, Guillaume de Montaigu, à genoux et les mains jointes, se confessa tout armé; puis, l'évêque de Lincoln lui donna l'absolution en face de toutes ces femmes qui priaient pour le jeune blessé et de tous ces chevaliers qui demandaient à Dieu la grâce de faire une aussi sainte et aussi belle mort.

L'absolution donnée, Salisbury se rapprocha de son neveu, lequel, étant en état de grâce et ne craignant plus de mourir, cessa de s'opposer à ce qu'on tirât de sa blessure le fer qui y était resté,

alors Salisbury le fit coucher sur le dos,
et, lui appuyant le pied sur la poitrine, il
parvint en se raidissant à lui arracher le
tronçon de la plaie ; puis aussitôt débou-
clant le casque, qu'on n'avait pas pu ouvrir jusque là, cloué qu'il était, comme
nous l'avons dit, au front du blessé, il
parvint à lui dégager la tête de son enve-
loppe de fer. Guillaume était évanoui :
ses écuyers accoururent à son aide, et le
comte de Salisbury, aidé par eux, le
transporta dans sa tente.

Aussitôt le médecin du roi arriva, envoyé par Édouard lui-même, et examina
le blessé. Salisbury, qui aimait Guillaume comme son enfant, attendit avec an-

xiété la fin de l'examen ; mais il fut loin
d'être favorable au jeune chevalier. Le
mire se fit apporter le fer de la lance : à
la rouille sanglante qui le couvrait, il
était facile de voir qu'il avait pénétré de
la longueur de deux pouces ; aussi le médecin secoua-t-il la tête, en homme qui
n'espère pas grand'chose de bon. En ce
moment, des valets vinrent de la part du
roi, pour transporter Guillaume de Montaigu dans un appartement du château de
Windsor ; mais le médecin s'y opposa, le
malade étant trop faible pour supporter
le transport.

Salisbury se vit forcé de quitter Guillaume avant qu'il ne fût revenu à lui, car

sa mission l'appelait près d'Édouard :
c'était le même soir qu'il devait partir
pour aller chercher à Margate l'engagement d'Olivier de Clisson, et lui porter,
ainsi qu'au sire de Harcourt, l'ordre
royal qui les remettait en liberté. Salisbury était un de ces hommes chez qui les
affections privées ne passaient qu'après
les devoirs publics ; il quitta donc Guillaume après l'avoir recommandé au médecin comme s'il eût été son fils.

Quant à la comtesse, elle avait demandé
au roi la permission de ne pas assister au
souper, et le roi la lui avait accordée à
l'instant même ; car, ainsi que tous, il
avait compris la douleur qu'elle devait

ressentir d'un pareil accident. On savait
avec quelle fidélité et quel respect le
jeune homme l'avait gardée pendant la
captivité du comte, et quoique plusieurs
se fussent bien douté qu'il y avait dans la
conduite de son jeune neveu quelque
chose de plus tendre qu'un simple lien de
parenté, la réputation de vertu de madame Alix était si bien établie, qu'elle
n'avait aucunement souffert de ce dévoûment. Cependant, quoiqu'on eût rendu
justice à la comtesse en ne soupçonnant
pas la pureté de ses sentiments pour son
châtelain, elle n'en avait pas moins pour
lui une amitié presque fraternelle, à laquelle il faut ajouter cette pitié tendre

qu'éprouve presque toujours une femme,
si vertueuse qu'elle soit, pour l'homme
qui l'aime secrètement et sans espoir.

Aussi, lorsqu'elle vit entrer Salisbury,
n'essaya-t-elle point de cacher sa douleur
aux yeux de son mari, persuadée que lui,
moins que personne, lui ferait un crime
de ses larmes. En effet, Salisbury avait
besoin de tout son courage pour retenir
les siennes ; il venait prendre congé
d'elle, car, malgré les instances d'É-
douard pour le retenir, l'inflexible messager avait résolu d'accomplir une mission
dont il comprenait toute l'importance.
Il partit donc le soir même, recom-

mandant Guillaume aux soins de la comtesse.

Cette séparation, quelque courte qu'elle dût être, se faisait sous de si tristes auspices, qu'elle fut accompagnée de part et d'autre d'une douleur pressentimentale telle; que si Salisbury eût été un homme d'un cœur moins dévoué à son roi et d'un esprit moins ferme à ses devoirs, il eût supplié Édouard de choisir quelque autre pour achever à sa place la négociation qu'il avait commencée; mais le comte, au moment où lui vint cette pensée, la repoussa comme il eût fait d'un crime, et, puisant une nouvelle force dans la honte de sa faiblesse, il prit congé d'Alix, la laissant maîtresse de l'attendre à Londres, ou de retourner au château de Wark.

Lorsque la comtesse fut seule, toutes ses pensées tristes, tous ses pressentiments mélancoliques, se groupèrent autour d'une même douleur, celle que lui causait l'accident arrivé à Guillaume ; aussi, ne pouvant rester dans le doute, elle appela un page, et lui ordonna d'aller savoir des nouvelles du blessé. L'enfant revint au bout d'un instant ; car, ainsi que nous l'avons dit, les tentes n'étaient séparées du château que par la longueur de la lice. Guillaume était toujours évanoui, et le médecin n'avait eu aucun mo-

tif de modifier ses premières prévisions :
à son avis, la blessure devait être mortelle, et quoiqu'il fut possible que le
jeune homme reprit ses sens, à moins
d'un miracle il n'y avait aucune chance
qu'il revît le jour du lendemain. Cette réponse, à laquelle Alix eût dû s'attendre
d'après ce que lui avait dit le comte, ne
l'en atteignit pas moins cruellement; elle
se souvint alors de ce dévoûment si tendre et cependant si craintif, de cet amour
toujours vivant, mais pourtant toujours
muet, et cela pendant quatre ans que
Guillaume ne l'avait pas quittée d'un instant, si ce n'était, comme il l'avait fait
au château de Wark, pour obéir à ses or-

dres et s'occuper de son salut. Pendant
ces quatre ans elle avait lu jour par jour
dans le cœur du jeune chevalier comme
dans un livre dont le temps aurait tourné
les pages, et elle n'avait vu dans ce cœur
que des prières d'amour qui semblaient
écrites pour la bouche des anges. Elle se
représenta ce pauvre blessé, si joyeux et
si plein d'espérance la veille encore, se
réveillant aujourd'hui pour mourir, seul
et abandonné sous une tente, et il lui
sembla que s'il expirait ainsi éloigné des
deux seules personnes qu'il eût aimées
sur la terre, elle en garderait un remords
fatal à tout le reste de sa vie. Quelque
temps néanmoins elle hésita encore,

deux ou trois fois elle se leva, et retomba
hésitant sur son fauteuil; tant elle craignait que, malgré les liens de parenté,
on n'interprétât à mal cette visite mor-
tuaire; mais enfin le cri du cœur l'em-
porta sur la voix du monde, et jetant un
voile sur sa tête, sans page, sans femme,
sans varlet, elle sortit du château de
Windsor, et s'achemina vers la tente de
Guillaume de Montaigu.

Ce qu'avait prévu le médecin était arrivé. Guillaume était revenu à lui, et
l'homme de la science, qui avait reçu
d'Édouard l'ordre de soigner également
les deux blessés, avait profité de ce moment pour se rendre près de Douglas,

dont la situation, quoique grave, était
sans danger. Quant à Guillaume, il était
en proie à une fièvre ardente, et, malgré
sa faiblesse, il avait des moments de délire pendant lesquels deux hommes suf-
fisaient à peine pour le maintenir sur son
lit. Dans ces moments, il lui semblait
voir une ombre vers laquelle il faisait
tous ses efforts pour s'élancer, et que,
discret jusque dans son délire, il appelait, sans la nommer, tantôt par des cris,
tantôt par des prières. Ce fut dans un de
ces moments d'exaltation que la comtesse
leva tout-à-coup la tapisserie qui pendait
devant la porte de la tente, faisant succé-
der la réalité de sa présence aux rêves

fiévreux qui l'avaient précédée. Par un mouvement naturel, les deux hommes qui retenaient Guillaume le lâchèrent, en voyant contre leur attente apparaître cet être fantastique qu'il appelait, et Guillaume lui-même, comme si sa vision eût pris un corps, au lieu de s'élancer en avant, fit sur son lit un mouvement en arrière, les yeux fixes, la poitrine haletante, et joignant les mains dans l'attitude d'un suppliant. La comtesse fit un signe, et ceux qui gardaient Guillaume sortirent, tout en se tenant à la porte de la tente, afin de rentrer au premier ordre qu'ils en recevraient.

— Est-ce vous, Madame, dit Guillaume, ou bien est-ce un ange qui a pris votre forme pour me rendre plus doux le passage de cette vie à l'autre ? .... le ... — C'est moi, Guillaume, répondit la comtesse : votre oncle ne pouvait pas venir, car il est parti pour le service du roi ; je n'ai pas voulu vous laisser ainsi seul, et je suis venue, moi. ....

— Oh ! oui, oui, c'est bien votre voix, dit Guillaume ; je vous voyais quand vous étiez absente, mais je n'entendais pas vos paroles : vous avez, en entrant, suspendu le délire et chassé les fantômes ! Est-ce bien vous ? je mourrai donc heureux. ....

— Non, vous ne mourrez pas, Guillau-

me, reprit la comtesse, tendant au blessé
une main qu'il saisit avec un mélange de
respect et d'amour impossible à exprimer. Votre état n'est point aussi déses-
péré que vous le croyez.

Guillaume sourit tristement.

— Écoutez, lui dit-il, tout est bien
comme Dieu le fait, et mieux vaut mourir que de vivre malheureux : n'essayez
donc point de me tromper, Madame, et
n'usons point ce qui me reste de force à
me reprendre à des espérances inutiles ;
ce que je regrette en mourant, Madame,
c'est de n'être plus là pour vous garder.

— Me garder, Guillaume ! et de qui ?

grâce à Dieu, nos ennemis ont repassé la
frontière.

— Oh! Madame, interrompit Guillaume, vos ennemis ne sont pas ceux que
vous craignez le plus : il en est un plus
terrible pour vous que tous ces brûleurs
de villes écossais, que tous ces preneurs
de châteaux des frontières ; celui-là, Madame, sans que vous vous en doutiez, je
vous ai déjà garantie deux fois de lui,
peut-être. Tenez, écoutez-moi ; tout à
l'heure j'avais le délire, mais le délire
des mourants est peut-être une double
vue ! eh bien, au milieu de mon délire,
je vous voyais dans les bras de cet homme, j'entendais vos cris ; vous appeliez à

l'aide, et personne ne venait, car j'étais

retenu sur mon lit par des liens de fer;

j'aurais donné non pas ma vie, puisque

je vais mourir, mais mon âme, entendez-

vous, mon âme, pendant l'éternité, pour

aller à votre secours, et je ne le pouvais

pas; j'ai bien souffert, allez, et je vous

remercie d'être venue.

— C'était de la folie, Guillaume, c'é-

taient les rêves de la fièvre, car, je vous

devine, vous voulez parler du roi.

— Oui, oui, c'est de lui que je parle;

écoutez moi, Madame : peut-être tout-à-

l'heure était-ce du délire; mais mainte-

nant ce n'en est plus : vous voyez bien,

n'est-ce pas, qu'en ce moment j'ai toute

ma raison ! Eh bien, tenez, je n'ai qu'à fermer les yeux, et je vous revois comme je vous voyais tout-à-l'heure, et j'entends vos cris ; oh ! tenez, c'est à m'en rendre fou.

— Guillaume, Guillaume, s'écria la comtesse, effrayée elle-même de l'accent de vérité avec lequel lui parlait le mourant, du calme je vous en supplie.

— Oh ! oui, oui, du calme pour mourir, je vous en supplie, rendez-moi du calme.

— Que faut-il faire pour cela ? répondit Alix avec un ton de profonde pitié ; dites, et si c'est en mon pouvoir, je le ferai.

— Il faut partir, s'écria Guillaume, les yeux étincelants, partir à l'instant même, vous éloigner de cet homme. Je mourrai bien tout seul maintenant que je vous ai vue; promettez-moi de partir.

— Mais où voulez-vous que j'aille?

— Partout où il ne sera pas. Vous ne savez pas combien il vous aime; vous n'avez pas vu cela, vous, car, pour le voir, il fallait les yeux de la jalousie; cet homme vous aime à commettre un crime!

— Oh! vous m'épouvantez, Guillaume.

— Mon Dieu, mon Dieu! je sens que je vais mourir, mourir avant que vous ne soyez convaincue que cet homme est capable de tout ! Jurez-moi que vous partirez, demain, cette nuit..... jurez-moi...

— Je vous le jure, Guillaume, dit Alix. Mais vous ne mourrez pas ; je retourne au château de Wark, et, lorsque vous serez guéri, vous viendrez m'y rejoindre ; Guillaume ! qu'avez-vous ?

— Seigneur, Seigneur, ayez pitié de moi ! murmura Guillaume.

— Guillaume ! Guillaume ! s'écria la comtesse en se baissant vers lui ; mon Dieu, mon Dieu !

— Alix, Alix, balbutia Guillaume, adieu, je vous aime.

Alors rassemblant toutes ses forces, il jeta ses bras autour du cou de la comtesse, et moitié la baissant vers lui, moitié se levant vers elle, il toucha de ses lèvres les lèvres d'Alix, et retomba sur son oreiller.

Elle avait reçu à la fois son premier baiser et son dernier soupir.

Le lendemain au matin, la comtesse, comme elle l'avait promis la veille à Guillaume, alla prendre congé de madame Philippe, qui voulut d'abord la retenir, mais qui, admettant bientôt une excuse aussi légitime que celle que faisait valoir madame Alix pour quitter les fêtes, n'insista que ce qu'il fallait pour lui prouver le regret qu'elle avait de se séparer d'elle. Quant à Édouard, après avoir fait, comme la reine, quelques ins-, tances, il céda comme elle, et avec un air d'indifférence qui acheva de convaincre la comtesse que le malheureux jeune homme dont elle regrettait la mort s'était alarmé mal à propos; seulement, comme la comtesse avait à traverser des pays dans lesquels, d'un moment à l'autre, les maraudeurs des frontières faisaient irruption, le roi exigea qu'elle acceptât une escorte, et lui fit promettre de ne s'arrêter que dans des villes closes ou des châteaux fortifiés.

La comtesee se mit donc en route, et .

le premier jour s'arrêta à Hertfort, étant
partie tard, et n'ayant pu faire que dix
lieues pendant cette journée ; elle y
trouva son logement préparé ; car un
courrier marchait en avant, comme lorsque la reine était en voyage : c'était une
dernière attention d'Édouard, et la comtesse n'y vit qu'une courtoisie exagérée,
mais qui s'expliquait cependant par la
vieille amitié que le roi portait au comte
de Salisbury.

Le jour suivant elle se remit en route
et vint coucher à Northampton, où, grâce
aux mêmes précautions royales, elle
trouva un appartement digne d'elle et de
celui qui le lui offrait ; seulement, le chef

de l'escorte vint la prévenir que la journée du lendemain était forte, et que l'on devrait partir de bonne heure, si l'on voulait arriver jusqu'au logement que le roi avait fait préparer.

En effet, la comtesse se mit en route avec l'aube ; sur le midi, l'escorte s'arrêta à Leicester, et ne se remit en chemin que vers les trois heures. Quoiqu'on fût alors aux plus longs jours de l'année, la nuit était venue sans qu'on eût aperçu à l'horizon aucune apparence de ville ni de château. On continua de marcher deux heures encore à peu près, lorsque enfin on vit briller une lumière dans les ténèbres. Quelque temps après, la lune, en se levant, découpa en vigueur les tours et les murailles d'un château fort ; à mesure qu'on avançait, la comtesse croyait reconnaître, à certains signes restés dans son souvenir, une résidence qui lui était connue ; enfin, en arrivant à la porte, son dernier doute disparut. Elle était au château de Nottingham.

La comtesse frissonna malgré elle, car on se rappelle que ce château gardait de sanglants souvenirs. Alix y entra donc avec une terreur qui s'accrut encore lorsqu'elle vit que l'appartement qu'on lui avait préparé était la chambre même où avait été arrêté Mortimer et où avait été

tué Dugdale ; aussi n'eut-elle point le
courage de toucher au souper, se conten-
tant de tremper ses lèvres dans une coupe
de vin épicé. Au reste, il n'y avait pas à
se tromper à cette chambre, car elle la
connaissait bien : c'était la même où madame Philippe lui avait raconté toute
cette tragique aventure, le soir même de
l'arrivée de Gauthier de Mauny et du
comte de Salisbury. Si, alors qu'elle était
près de la reine, entourée de ses femmes,
et gardée par son fidèle châtelain, Guillaume de Montaigu, elle n'avait pu se
soustraire à un sentiment d'effroi, quelle
ne devait pas être sa terreur, aujour-
d'hui qu'elle se trouvait seule dans ce

même château, au milieu d'hommes
presque inconnus, et le cœur tout sai-
gnant encore de la mort récente de celui
dont chaque objet dans cette chambre
lui rappelait le respect où l'empresse-
ment ! Mais, hélas! il n'était plus là pour
la garder et la défendre, le pauvre enfant
au cœur dévoué, dont toutes les craintes
pour elle lui revenaient à l'esprit à cette
heure. Aussi était-elle restée dans le fauteuil où elle s'était assise, le coude ap-
puyé sur la table où était posée la lampe,
n'osant tourner la tête derrière elle, de
peur de voir quelque objet fantastique,
quoique en face d'elle fût un souvenir
réel : c'était cette entaille faite dans un

des pilastres de la cheminée par l'épée
de Mortimer. La vue de cette entaille
amena tout naturellement Alix à se re-
mémorer comment Mortimer avait été
arrêté. Elle se souvint d'un souterrain
qui communiquait aux fossés du château; d'un panneau qui glissait dans la
boiserie; elle se rappelait bien que la
reine lui avait dit que ce souterrain était
muré et que ce panneau ne s'ouvrait
plus; mais n'importe, il lui était impossible de vaincre sa terreur. Ce qui la re-
doublait encore, c'était qu'elle attribuait
à la fatigue de la journée un engourdis-
sement insurmontable, qu'elle crut combattre en buvant de nouveau quelques

gorgées du vin épicé qu'elle avait déjà
goûté en arrivant; mais loin que ce
qu'elle prenait pour un réactif produisît
l'effet qu'elle en attendait, l'espèce d'en-
gourdissement qui avait commencé de
s'emparer d'elle n'en devint que plus
intense. Alors elle se leva et voulut marcher ; mais elle fut forcée de se soutenir
au fauteuil : tous les objets paraissaient
tourner autour d'elle, elle sentait qu'elle
était en ce moment sous l'influence d'un
pouvoir invisible, et qu'elle ne s'appar-
tenait plus; elle vivait dans un monde
d'où la réalité avait disparu. La lueur
tremblante de la lampe animait jusqu'aux objets immobiles; les figures

sculptées des lambris se mouvaient dans l'ombre; il lui semblait entendre un bruit lointain, pareil à celui d'une porte qui grince, mais tout cela comme dans un rêve. Enfin, il lui vint dans l'idée que ce vin qu'elle avait bu pourrait bien être un narcotique dont elle éprouvait les effets; elle voulut appeler, mais la voix lui manqua. Alors elle rassembla toutes ses forces pour aller ouvrir la porte ; mais à peine eut-elle fait quelques pas, qu'une réalité terrible succéda à toutes ses visions. Un panneau de boiserie glissa, et un homme, s'élançant dans la chambre, la retint dans ses bras au moment où elle allait tomber évanouie.

Les deux accidents arrivés, l'un à Jean de Levis, l'autre à Guillaume de Montaigu, le départ du comte de Salisbury pour Margate et celui de la comtesse pour le château de Wark, avaient mis fin aux fêtes de Windsor. D'ailleurs Édouard lui-même ne devait pas demeurer plus longtemps à Londres : il voulait, disait-il, visiter tous ses ports méridionaux pour y hâter les armements qu'il continuait de faire. Il était donc parti le même jour qu'Alix, sans attendre le retour de son envoyé, paraissant oublier ainsi tout-à-coup, et pour un objet plus pressé, l'importante affaire que Salisbury était chargé de terminer, et dont il devait venir lui rendre compte à Londres.

Elle avait eu cependant le dénoûment que le comte en attendait. Olivier de Clisson et messire Godefroy de Harcourt avaient signé; et, chargés des pleins pouvoirs du sire d'Avaugour, de messire Thibault de Montmorillon, du sire de Laval, de Jean de Montauban, d'Alain de Quidillac, de Guillaume, de Jean et d'Olivier des Brieux, de Denis du Plessis, de Jean Mallart, de Jean de Sénédari, de Denis de Caillac et du sire de Malestroit, ils s'étaient engagés en leur

nom; en conséquence, Olivier de Clisson et Godefroy de Harcourt avaient été
remis immédiatement en liberté ; Salisbury les avait vus s'embarquer, et il revenait à Londres, où l'attendait la nouvelle de la mort de Guillaume.

Le comte aimait son neveu comme il
eût pu aimer son propre fils ; mais le
comte était, avant tout, un chevalier de
son époque, un cœur du quatorzième
siècle, un homme enfin, qui, se mettant
lui-même chaque jour en danger, regardait la mort comme un hôte auquel il
faut ouvrir sa porte au premier coup
qu'il y frappe, et recevoir, tout terrible
qu'il est, d'un visage calme et religieux.
Résolu d'aller rejoindre Édouard pour
lui porter l'engagement des barons

français, il alla prendre congé de la reine, et partit le même jour de Londres.

Cependant Édouard, qui réunissait à la fois cette triple qualité, assez rare en ce siècle, d'homme politique profond, de guerrier aventureux et de chevalier ardent en amour, avait mené à la fois, au milieu des fêtes de Windsor, trois affaires qui étaient pour lui de la plus haute importance.

Jacques d'Artevelle, que nous avons perdu de vue depuis deux ans à peu près, était constamment resté en la faveur des bonnes gens de Gand, et avait continué d'entretenir des relations d'amitié avec le roi Édouard; il y avait même plus : le Rutwaert avait pensé avec raison que l'alliance la plus avan-

tageuse au commerce de ses compa-
triotes étant celle de l'Angleterre, qui
lui fournissait ses laines du pays de
Galles et ses cuirs de la comté d'York :
cette alliance ne pouvait pas être payée
trop cher. Un moyen de faire cette alliance durable était celui d'établir le
jeune prince de Galles seigneur et héritier de Flandre, à la place de Louis de
Crécy. Or, selon Jacques d'Artevelle, le
moment était venu d'accomplir cette
grande œuvre politique, pour laquelle,
écrivait-il à Édouard quelques mois
avant les fêtes de Windsor, les esprits
étaient suffisamment préparés.

Édouard avait prévu que ce moment
ne pouvait pas tarder, et il avait pris
toutes ses dispositions en conséquence ;

aussi, lorsqu'il reçut la lettre d'Artevelle, ne voulut-il confier ce secret à personne, de peur qu'il ne s'ébruitât. Par les
fiançailles de sa fille avec le jeune comte
de Montfort, il avait la Bretagne; par
l'élection du prince de Galles, il avait les
Flandres : il réalisait donc ainsi un des
rêves les plus gigantesques qu'un roi
d'Angleterre puisse concevoir; car, tout
en demeurant dans son île, il tenait pour
ainsi dire la France entre ses deux
mains; mais il lui fallait une année de
paix, au moins, pour accomplir ce dernier projet. Cette année, il venait de l'a-
cheter par une trève signée entre lui et
le duc de Normandie, trève qui devait
durer jusqu'à la fête de la Saint-Michel
1346, c'est-à-dire pendant dix-huit mois

environ. Cette trève, au reste, ne chan-
geait rien aux droits respectifs de Charles de Blois et du comte de Montfort : les
partisans des deux rivaux pouvaient
même continuer d'escarmoucher ensemble, sans que l'un ni l'autre des rois qui
avaient embrassé leur cause fussent res-
ponsables de ces rencontres particulières : bref, tout était arrangé pour que
chacun, usant des ressources qu'il avait
à sa disposition, se retrouvât plus disposé à combattre que jamais à l'expiration de l'armistice : voilà pourquoi
Édouard avait doublement tenu au
traité que Salisbury avait fait signer à
Olivier de Clisson et à Godefroy de Harcourt, traité qui, en lui assurant d'avance
la coopération de douze seigneurs, tant

de la Bretagne que de la Normandie, lui créait sur le continent une force matérielle à laquelle il était difficile que Philippe de Valois résistât.

Sûr que la négociation entamée par Salisbury réussirait en son absence comme en sa présence, Édouard avait donc tourné entièrement les yeux vers la Flandre; aussi, lorsque le comte, qui était de retour à Londres huit jours après le départ du roi, arriva au port de Sandwich, où on lui avait dit qu'il rejoindrait Édouard, il le trouva parti depuis la veille, avec le comte de Suffolk, Jean de Beaumont, le comte de Lancastre, le comte de Derby, et force barons et chevaliers auxquels il avait donné rendez-vous dans ce port, sans leur dire à quelle intention il les rassemblait. Salis-

-bury s'étonna d'abord de n'avoir point été désigné pour faire partie d'une expédition aussi importante ; mais, connaissant la rapidité des résolutions d'Édouard, il présuma que le projet qu'il accomplissait avait été arrêté instantanément, et sur quelque nouvelle inattendue ; en conséquence, il résolut de rejoindre la comtesse au château de Wark, et d'y attendre les ordres du roi.

Le comte quitta en conséquence le bord de la mer, et reprit à travers les terres sa route à petites journées ; car il était sans suite aucune, et par conséquent n'avait qu'un seul cheval. Or, comme en ces temps de guerre, tout chevalier avait l'habitude de marcher armé, il était assez difficile que sa monture, si vigoureuse qu'elle fût, ayant à

supporter le poids de son cavalier et de
sa cuirasse, pût faire plus de dix à douze
lieues par étape. Ce ne fut donc qu'au
bout de six jours de marche que le comte
arriva au haut des collines qui dominent
Roxburgh, et du sommet desquelles il
aperçut enfin le château de Wark. Tout
lui parut dans le même état où il l'avait
laissé : et cependant il éprouva un mouvement de tristesse inexplicable à cette
vue, et ce mouvement fut si profond,
qu'au lieu de mettre son cheval au galop
pour être quelques instants plus tôt près
de son Alix bien aimée, il ralentit son
pas, au contraire, et ne s'approcha plus
qu'en tremblant, et comme un homme
sur lequel plane un malheur qu'il ignore,
mais qu'un pressentiment avertit de
l'existence de ce malheur. Cependant au-

cun changement visible ne justifiait de pareils présages : la bannière flottait sur sa
tour, les sentinelles se promenaient sur
les remparts de ce pas lent et monotone
qui indique que tout est tranquille au
dedans et au dehors. Quelques paysans
des environs, qui venaient d'apporter les
vivres du lendemain, sortaient par la
grande porte, et regagnaient leurs villages. Salisbury eut un instant l'idée
d'aller à eux et de les interroger ; mais
sur quoi ; il l'ignorait lui-même. Il sur-
monta donc ce moment de faiblesse, et,
convaincu par le témoignage de ses yeux
que son imagination le trompait, il fit
prendre une allure plus vive à son cheval, et parvint bientôt au bas de la col-
line au sommet de laquelle était situé

le château. Arrivé là, il vit au signal de
la sentinelle qu'il était reconnu, et mona
rapidement le sentier qui conduisait à la
plate-forme.

Parvenu devant la porte, il trouva ses
officiers qui l'attendaient ; mais ce n'était
pas par eux seulement qu'il comptait
être reçu. Alix ordinairement était la
première à venir au devant de lui, et il
ne voyait pas Alix. Cependant, si rapidement qu'il eût gravi le sentier, on
avait eu le temps de la prévenir. N'était-
elle point au château ? mais si elle n'y
était pas, où pouvait-elle être ? aussi le
premier mot que prononça le comte fut
le nom de sa femme. Mais, sans lui répondre, l'écuyer qui tenait la bride de
son cheval lui montra le château. Le

comte, n'osant pas le questionner davantage, mit pied à terre et s'élança dans la
cour : là, il s'arrêta un instant, car ne
voyant pas la comtesse sur le perron,
comme il s'attendait à l'y trouver, il
porta successivement les yeux à toutes les fenêtres, espérant l'apercevoir à
l'une d'elles; mais toutes les fenêtres
étaient fermées : alors il courut aux marches aussi vite que lui permettait le
poids de son armure, et se dirigea vers
l'appartement de sa femme. Toutes les
pièces qu'il devait traverser pour y arriver étaient désertes ; enfin, en ouvrant
une dernière porte, il vit debout sur le
seuil de sa chambre la comtesse toute vê-
tue de noir, et si pâle qu'elle semblait
près de trépasser.

Le comte demeura un instant tremblant et muet à cet aspect, car il ne pouvait deviner ce qui était arrivé; enfin,
voyant que la comtesse restait immobile, il s'avança vers elle, et rompant le
silence :

— Que vous est-il arrivé, Madame, lui
dit-il d'une voix tremblante, et de qui
portez-vous le deuil ?

— Monseigneur, — répondit la comtesse d'une voix si faible qu'à peine Salisbury put l'entendre, — je porte le
deuil de votre honneur, qui m'a été lâ-
chement volé au château de Nottingham
par le roi Édouard d'Angleterre.

FIN DU TROISIÈME VOLUME.

Ouvrages d'Alexandre Dumas fils terminés.

LA DAME AUX CAMÉLIAS,

2 volumes in-8.

AVENTURES DE QUATRE FEMMES,

6 volumes in-8.

Sous Presse :

LE DOCTEUR SERVANS,

2 volumes in-8.

Le Roman d'une Femme,

4 volumes in-8.

JULIETTE,

2 volumes in-8.

Ouvrages de Jules Lacroix.

L'Étouffeur d'Édimbourg . . . . 2 vol. in-8.

Histoire d'une grande dame . . . . . 2 vol. in-8.

Un mauvais ange. . . . . 5 vol. in-8.

Mémoires d'une somnambule . . . . 5 vol. in-8.

Sous Presse :

UN NOUVEAU ROMAN,

2 volumes in-8.

Impr. de E. Dépée, à Sceaux

www.ingramcontent.com/pod-product-compliance
Lightning Source LLC
Chambersburg PA
CBHW070325030726
47505CB00004B/1092